カラスと少年

愛《いと》しき11種の動物とのふれあい物語

飯塚舜介
Meshitsuka
Shunsuke

幻冬舎MC

カラスと少年

——愛《いと》しき11種の動物とのふれあい物語——

挿絵：青已《あおい》　はなね

目次

はじめに

カラスが家に飛んできて、

「寝《ね》る場所を貸《か》して下さい。ついでにご飯も」

と窓《まど》から入ってきたらどうしますか？

カラスは全身が真っ黒、不気味で怖《こわ》い印象《いんしょう》を持たれています。しかし、カラスは知能《ちのう》が発達した賢《かしこ》い鳥で、人間と共存《きょうぞん》して生きていこうとしています。また、里山に行くと、鳥の鳴き声が聞こえてきます。フクロウやキジバトが、どこかであなたを見ています。

ヘビのアオダイショウは、田舎《いなか》の家ではネズミを捕《と》るので役立っていました。一方、アオダイショウも人の家に隠《かく》れているとトンビやタカやイタチなどに狙《ねら》われません。立場をわきまえているのか、滅多《めった》に人前には現《あらわ》れません。姿《すがた》を見せても、一瞬《いっしゅん》で隠《かく》れます。

産まれて間もない時期に捨《す》てられて、野良犬を経験《けいけん》した犬は凄《すご》いですよ。生きていくことの大変さを知っていますので、家に飼《か》われていることを最も大切にしています。飼《か》い主に喜《よろこ》ばれるように先回りして気持ちを読んで行動します。家族の一員であることを誇《ほこ》りにしているようで、一緒《いっしょ》に生活している喜《よろこ》びを身体全体で表してくれます。

人間の遺伝子《いでんし》を1000人解析《かいせき》すれば、1000人とも異《こと》なった遺伝子《いでんし》配列を持っていることが分かりました。どの人もオンリーワンなのです。生命には限《かぎ》りがあります。限《かぎ》りがあるから大切にするのです。命は一度失うと元には戻《もど》りません。ゲームのようにリセットはできないのです。私《わたし》たちは毎日食事をしています。その食べ物は全て生き物からいただいたものであることを忘《わす》れてはいけません。他の生き物の命で支《ささ》えられているのですから、私《わたし》たちは自分たちの命を大切にしなければならないのです。家畜《かちく》として牛やヤギやニワトリを飼育《しいく》していたとき、そのことがよく分かりました。

困難《こんなん》なことに出会っても、それを乗り越《こ》えてしなやかに回復《かいふく》する力をレジリエンスといいます。私《わたし》たちが長い人生を生きていく間には良いことがたくさんありますが、社会が大きく変化している現代《げんだい》は危険《きけん》も潜《ひそ》んでいます。ストレスやプレッシャーで押《お》しつぶされそうになっても、折れない心を持って立ち直る力が期待されています。言い換《か》えればレジリエンスを高めることに関心が集まっているのです。私《わたし》たちは動物とふれあう中で、励《はげ》まされたり、慰《なぐさ》められたり、自分を見つめ直したりしています。私《わたし》たちが動物から受けている恩恵《おんけい》の一つはレジリエンスを高めることになるのではと考えて、動物たちとのふれあいの物語をたくさんの若い方々に読んでもらいたいと思って書きました。

カラスのクロ

突然《とつぜん》の訪問《ほうもん》

春のうららかな日曜日、純二はテーブルで本を読んでいました。そのとき、窓《まど》ガラスを〝コンコン、コンコン〟とノックする音に振《ふ》り向くと、窓《まど》の外に大きな真っ黒なカラスがこっちを睨《にら》んでキョロキョロしています。窓《まど》の桟《さん》は狭《せま》いのでグラグラと落ちそうになりながら、足の位置を微妙《びみょう》に変えながらバランスを取っていました。

「早く開けてよ」

と言っているように、〝コンコン〟とまた窓《まど》ガラスをノックしています。純二が、

「お父さんどうしよう。カラスだよ」

と叫《さけ》ぶと、父の和夫さんが隣《となり》の部屋からやって来て、驚《おどろ》いた表情《ひょうじょう》で窓《まど》の外のカラスを見て、

「何か欲しそうだな。お腹《なか》が減《へ》っているかもしれない。入れてやったらどうだ？」

と言いました。そこで、純二が、窓《まど》を開けてやると、ピョンピョンと跳《は》ねながら、窓際《まどぎわ》の純二の机《つくえ》の上を歩き回りました。騒《さわ》ぎを聞いて、台所から母の春子さんもやって来て、カラスを見て驚《おどろ》いています。台所に戻《もど》って、

「これでもあげたらどうかしら？」

と朝食の残りのご飯をお皿に載《の》せて持ってきました。父の和夫さんが机《つくえ》の上に置きますと、カラスは右目で見て、左目で見て、しばらく様子をうかがっています。安全と見たのでしょうか、ピョンピョンと飛んで近づき、それから数歩、歩いてやって来て食べ始めました。一心不乱に大きなク

チバシでご飯を突《つ》っ突《つ》いて丸のみにして、直ぐに食べきってしまったのです。食べ終わると、隣《となり》にある兄の一郎の机《つくえ》の上をピョンピョンと飛んだり歩いたりして隈《くま》なく回り、次には床《ゆか》に下りて部屋中回って、また机《つくえ》の上に戻《もど》りました。

「隣《となり》の部屋には入れちゃダメよ。洗濯物《せんたくもの》がたたんであるから」

と母の春子さんが叫《さけ》びました。

純二はあわてて隣《となり》の部屋との間にあるふすまを閉《し》めました。

突然《とつぜん》の出来事に驚《おどろ》きながら、家族皆《みんな》でカラスを観察していました。純二が、

「小さい頭なのに大きなクチバシが目立つね」

と言うと、兄の一郎は

「ちょっと怖《こわ》い顔をしているね」

と応《こた》えました。

「このカラスは人を全然怖《こわ》がらないね。人に馴《な》れているわね」

と母の春子さんが言うと、父の和夫さんが、

「どこかの家で飼《か》われていたに違《ちが》いないな。帰る家が分からなくなったのかな」

と言いました。

そうこうしているうちに、カラスは窓《まど》の縁《ふち》に近づいて、外を見ながら、〃コンコン〃と窓《まど》を突《つ》っ突《つ》いています。

「外に出たいのよ、きっと」

と母の春子さんが言うので、純二が窓《まど》を開けてやると、さっと飛び出していきました。

居候《いそうろう》のカラス

この物語は、純二が小学校1年生の頃《ころ》、春から夏にかけて体験したささやかな出来事です。時代は第二次世界大戦が終わって間もない時期のことです。当時、山田家は父の和夫さんの仕事の関係で、大学の豊中《とよなか》キャンパス内の教職員宿舎《きょうしょくいんしゅくしゃ》に住んでいました。キャンパスは待兼山《まちかねやま》という小高い丘《きゅう》陵地《りょうち》に広がっていて、中心の建物《たてもの》は北校《ほっこう》と呼《よ》ばれ、そこから下に見える池を隔《へだ》てて大学会館の建物《たてもの》がありました。第二次世界大戦後、教職員《きょうしょくいん》の宿舎《しゅくしゃ》が足りなくて大学会館も一部が宿舎《しゅくしゃ》として使われていたのです。山田和夫さん、その妻《つま》の春子さん、長男で小学校4年の一郎、二男で同じく小学校1年の純二、幼稚園《ようちえん》に通っている三男宏の家族5人も住んでいました。山田家は2階で、間取りは玄関《げんかん》を入ると台所があって、次の板間は大きなテーブルのある食堂です。窓際《まどぎわ》に子どもたちの勉強《べんきょう》机《づくえ》が並《なら》んでいます。壁際《かべぎわ》には戸棚《とだな》があって、食器の他に日用品など何でも収納《しゅうのう》していました。次の部屋が畳敷《たたみじき》の居間兼寝室《いまけんしんしつ》です。押《お》し入《い》れに全員の布団《ふとん》が収納《しゅうのう》されています。どの部屋にも床《とこ》の間《ま》が作られていましたが、タンスやおもちゃ箱や子どもの遊び道具置き場として使われていました。

その日の午後になって、家族の皆《みんな》がテーブルに着いてお茶を飲んでおやつの煎餅《せんべい》を食べていると、窓《まど》を〝ガタガタ〟と揺《ゆ》らす音が聞こえました。皆《みんな》が振《ふ》り向くと、何と今朝のカラスが、窓枠《まどわく》を突《つ》っ突《つ》いて揺《ゆ》らしているではありませんか。外はもう薄暗《うすぐら》くなっています。父の和夫さんが、

「入れてあげなさい」

と言うので純二が窓《まど》を開けると、カラスがピョンピョンと入ってきました。

「〝お腹《なか》が減《へ》ったのですよ。何か食べ物を下さいな〟と言っているようだよ」

と和夫さんが言うので、純二が、台所からお皿にお昼の残り物を持ってきてテーブルに置くと、ピョンピョンとやって来て、美味しそうに食べています。

「うちで飼《か》ってみようか」

と父の和夫さんが言うと、母の春子さんは
「面白そうね」

と即座《そくざ》に賛成《さんせい》しました。一郎と純二と宏も、

「飼《か》おう、飼《か》おう」

と嬉《うれ》しそうに口々に言いました。

カラスはご飯を食べ終わると、鋭《するど》い目つきで目配りをしながら自在《じざい》に動き回って、何かを探《さが》しているように見えます。

「カラスは居場所《いばしょ》を探《さが》しているようだわ」

と春子さんがつぶやくと、

「うちでカラスのお世話をするのだったら、どこかで鳥かごを探《さが》してこよう」

と言って父の和夫さんは出掛《でか》けていきました。

しばらくして、和夫さんは茶色の錆《さび》がいっぱい出ている飼育《しいく》かごを持って帰ってきました。

「錆《さび》だらけで扉《とびら》も壊《こわ》れかけているが、使えそうなので持ってきた」

と言うと、春子さんは、

「大丈夫《だいじょうぶ》なの？　それにしても汚《きたな》いね」

と言いました。

「廃棄物《はいきぶつ》の置き場にあったものだ。だから問題ないよ」

と応《こた》えると、和夫さんは、

「外で洗《あら》ってくる」

と言って飼育《しいく》かごを持って外へ出ていきました。

和夫さんが飼育《しいく》かごを抱《かか》えて帰ってきたときは暗くなっていました。

その間、カラスはずっと部屋の中で遊んでいました。

「もう暗くなってきたし、どうしようか？」

と純二が言うと、

「かごの中にエサを置いたらどうだい」

と父の和夫さんが提案《ていあん》しました。一郎がお皿にご飯を載《の》せて、かごの中に置くと、カラスはピョンピョンと跳《は》ねながらかごに入っていきました。一郎は、

「もう寝《ね》たら？」

と言ってかごの入口を閉《し》めてあげました。母の春子さんが押《お》し入《い》れから、唐草模様《からくさもよう》の入った使い古した風呂敷《ふろしき》を出してきて、

「これをかけてあげたら暗くなって寝《ね》やすいかもね」

と言いました。一郎が風呂敷《ふろしき》をかけてあげると、言っていることが分かったのか静かになったのです。

「人を全然怖《こわ》がらないね。こんなカラスがいるなんて不思議だね」

と一郎が言うと、

「やっぱり、どこかの家で飼《か》われていたカラスに違《ちが》いない。次の日曜日に、どこかこの近くの家で、カラスを飼《か》っていて、逃《に》げられたところはないか。聞いて回ろう」

と父の和夫さんが言うと、

「それがいいわ」

と母の春子さんも賛成《さんせい》しました。

次の日の朝、一郎も純二も宏も夕べのカラスが気になって、早起きしていました。母の春子さんが、

「皆《みんな》、早く朝ご飯を食べてしまいなさい。それまでカラスを出したらいけませんよ」

と注意しました。

全員で朝ご飯を食べていると、飼育《しいく》かごの中で入口をクチバシで挟《はさ》んで、〝ガタガタ〟と音を鳴らしています。

「〝朝になったから、お腹《なか》が減《へ》ったよ〟と言っているようだけど、もう少し待っててね」

と母の春子さんが言うと、カラスは静かになりました。朝食が済《す》んだので、一郎がかごの入口を開けてあげました。するとカラスは直ぐに出てきて、ピョンピョンと跳《は》ね回っています。

「ご飯が台所に用意してあるわよ」

と母の春子さんが言うので、純二がお皿にご飯を載《の》せて持ってきて机《つくえ》の上に置くと、カラスは首をかしげながら、右目で見て、左目で見て、2、3歩進んで、

「それでは、いただきますよ」

と言っているように、顔を上げてチラッと皆《みんな》を見て食べ始めました。

丸のみで食べるので、直ぐにお皿の上は空になりました。その後、純二の机《つくえ》の上や、棚《たな》の上に飛び乗ってピョンピョンと歩き回っています。そばに行って頭でも撫《な》でてあげようかと思って近づきますと、ピョンピョンと逃《に》げてしまいます。決して触《さわ》らせませんが、何か楽しんで遊んでくれている様子です。ご飯を食べると直ぐに、糞《ふん》をあちこちにして回ります。

「純二、そこに糞《ふん》をした。拭《ふ》いてよ」

と一郎が叫《さけ》びます。あまり臭《にお》いはないのですが、不潔《ふけつ》極まりない状況《じょうきょう》です。直ぐに、拭《ふ》き取るのですが、間に合わないこともあります。

「机《つくえ》の上は新聞紙を敷《し》いておこう」

と一郎が提案《ていあん》しました。それからは、カラスが来そうなところにはどこにも、古新聞紙を敷《し》いて備えました。そのうちに、遊ぶのにあきたのか、窓《まど》の方に行って〝コンコン〟とガラスを突《つ》っ突《つ》きました。窓《まど》を開けると、窓《まど》の桟《さん》に留《とど》まって外を眺《なが》めたかと思うと、そのまま外に勢《いきお》い良く飛び出していったのです。窓《まど》の向かいには隣《となり》の車庫の屋根が見えます。カラスは屋根の棟《むね》のてっぺんに止まって、あたりをグルッと見て、キョロキョロと安全を確認《かくにん》しているようでした。大丈夫《だいじょうぶ》と見ると、

力強く羽《は》ばたいて正面の北校《ほっこう》に向かって一直線に飛んでいきました。カラスが遠ざかるのを見つめていると、直ぐに北校《ほっこう》の上を越《こ》えて見えなくなりました。一郎も純二も、急いで支度《したく》をして学校に出掛《でか》けました。

クロとの毎日

一郎と純二は学校から帰ると、大学のグランドでボールを蹴《け》って遊んでいました。そこには野球のバックネットとピッチャーのマウンド、サッカーのゴール、ラグビーのゴールと運動施設《うんどうしせつ》は何でもそろっていました。夕方になって遊び疲《つか》れて家に帰ってきたとき、カラスが窓《まど》の桟《さん》に止まっているのに純二が気づいて、

「カラスがまた来ているよ。お母さん、カラスを中に入れてもいい？」

と尋《たず》ねました。

「今、食べ物を片付けますよ。それからならいいですよ」

と春子さんが応《こた》えました。

テーブルの上を片付けるのを待って、純二は窓《まど》を開けてあげました。カラスはピョンピョンと机《つくえ》の上に乗って、一郎と純二を見て、

「ただいま帰りました。ああ疲《つか》れた」

と言っている様子です。昼間は戸締《とじま》りをして皆出掛《みんなでか》けますので、窓《まど》は閉《し》まっています。窓《まど》に人影《ひとかげ》

が見えるようになって、カラスは戻《もど》ってきたのです。

「鳥は早く寝《ね》させた方がいいよ」

と母の春子さんがご飯をお皿に載《の》せて持ってきました。一郎がかごの中にお皿を置くと、ピョンピョンと跳《は》ね歩きしてかごに入りました。お腹《なか》が空いていたのでしょう。直ぐに食べてしまいました。食べるのをじっと見ていた純二は、昨夜のように大きい風呂敷《ふろしき》をかけてあげると静かになりました。

家族がそろって夕ご飯を食べているときに、父の和夫さんが、

「ちょっと図鑑《ずかん》を調べてみたら、このあたりで見られるカラスにはハシブトガラスとハシボソガラスがいるそうだ。このカラスはピョンピョンと両足で跳《は》ねるから、ハシブトガラスだと思うよ。ハシボソガラスは歩いたり、走ったりするのが得意《とくい》だそうだよ」

と話しました。

「そうだ、クチバシがごついから、ハシブトガラスに違《ちが》いないよ」

と一郎があいづちを打ちました。

その後、食事の片付けをしながら、

「カラスに名前をつけてあげよう。何がいいかね」

と母の春子さんが言いました。

「カラスは英語ではクロウというから、色が黒いし〝カラスのクロ〟がいいじゃない」

と父の和夫さんが言いました。

「クロは言いやすいし、いい名前だ」

と一郎も純二も弟の宏も賛成《さんせい》しました。

「クロは毎日どこへ飛んでいくのかな?」

と純二は不思議に思って、兄の一郎に尋《たず》ねました。

「待兼山《まちかねやま》にはカラスがたくさん棲《す》み着いているから、クロは違《ちが》うところに行くのだよ。箕面《みのお》の山まで行っているかもしれないね」

と一郎は分かったような答えをしました。

進駐軍《しんちゅうぐん》

ここで話を6年前に戻《もど》します。長男の一郎が幼稚園《ようちえん》に行くことになった頃《ころ》のことです。大学会館は待兼山《まちかねやま》の上で、近くには人家はありません。幼稚園《ようちえん》までは大学のグランドを横切って、森の横の小道を抜《ぬ》けて、二つの大きなため池の間の細い道を歩いて、子どもの足で30分くらいもかかるのです。池の横の道を過《す》ぎると坂になっていて、その上には、焼き場がありました。当時の火葬場《かそうば》です。人里離《はな》れた山の上で亡《な》くなった人は焼かれていたのです。焼き場の近くが一番怖《こわ》い場所で、ここを過《す》ぎるとススキの野原の中を下っていきます。坂の途中《とちゅう》に中学校があり、その先の小学校と幼稚園《ようちえん》に着くのです。戦後の混乱期《こんらんき》には、子どもがさらわれる事件《じけん》が頻発《ひんぱつ》していました。和夫さんと春子さんは一郎を人通りのない道を通わせるのは心配でした。あるとき、田舎《いなか》のおじいさんが、孫の一郎が幼稚園《ようちえん》に行くようになって、どんな生活をしているのかを見に訪《たず》ねてきました。

「一郎の幼稚園《ようちえん》と、来年から行く予定の小学校に行ってみたよ。豊中《とよなか》にあんな寂《さび》しい道があるとは、驚《おどろ》いたね」

とおじいさんが言いました。

「そうなのです。毎日、幼稚園《ようちえん》から帰ってくるまで心配で」

と母の春子さんは応《こた》えました。そこで、おじいさんは、

「二男の純二を預《あず》かってきたがね、無鉄砲《むてっぽう》で何をするか予測《よそく》がつかないよ。純二をあの道で小学校に通わせるのは危《あぶ》ないのではないかね」

と言いました。純二は、物心つく頃《ころ》から田舎《いなか》のおじいさんのところで育てられていて、あちこち近所に迷惑《めいわく》をかけていたらしいのです。父の和夫さんが大学から帰ってきて、おじいさんと話し合いになりました。

「一郎はおとなしいですけど、純二は心配です。兄弟は同じ小学校へ通わせないといけないから、一郎の入学時から別の小学校を考えてみます」

と和夫さんは応《こた》えました。このような経過《けいか》で、長男の一郎と二男の純二を知り合いの家に寄留《きりゅう》させて、校区外の小学校に通わせることになったのです。

大学会館の裏《うら》には山があって、真っ直ぐに10メートル以上も伸《の》びた大きな赤松が一面に生えていました。下草や小木は刈《か》られていて、よく手入れがされています。そこは第二次世界大戦後接収《せっしゅう》されて、進駐軍《しんちゅうぐん》（アメリカ軍）のキャンプとなっていたのです。山の中腹《ちゅうふく》から頂上《ちょうじょう》にかけては、小さ

な洋館がいくつも建てられていました。それらの建物《たてもの》は壁《かべ》は白いペンキで塗《ぬ》られていて、屋根はオレンジ色の瓦《かわら》で葺《ふ》かれていました。山の斜面《しゃめん》に沿うように幅《はば》の広い道路があって全て舗装《ほそう》されていました。小さな洋館の周りは芝生《しばふ》の庭で、それぞれの洋館は30メートル以上の間隔《かんかく》があけてあります。大阪のどこにもない景色でした。純二が兄の一郎に、

「誰《だれ》が住んでいるのか知ってる?」

と尋《たず》ねると、

「あれは進駐軍《しんちゅうぐん》の将校《しょうこう》さんの宿舎《しゅくしゃ》だよ。アメリカは広い国だからゆったりした住宅地《じゅうたくち》なのだよ」

と教えてくれました。そう聞いても純二はよく分かりませんでした。大学会館の裏《うら》から松の木の間を上って進駐軍《しんちゅうぐん》の道を通って下ると、直ぐに阪急宝塚線蛍池駅《はんきゅうたからづかせんほたるがいけえき》に着きます。食料事情《しょくりょうじじょう》が悪い頃《ころ》で、野菜などを手に入れるために大学会館の奥《おく》さんたちは蛍池《ほたるがいけ》の農家に買い出しに行っていました。一郎も買い物について行ったことがあったのです。あるとき、進駐軍《しんちゅうぐん》の住宅地《じゅうたくち》の周りには、鉄条網《てつじょうもう》の柵《さく》が作られました。

「何でも、進駐軍《しんちゅうぐん》の家に泥棒《どろぼう》が入ったらしいわよ」

と母の春子さんが噂《うわさ》を聞き話してくれました。

それ以来、鉄条網《てつじょうもう》の向こう側を鉄砲《てっぽう》を担《かつ》いだ兵隊さんが24時間パトロールするようになったのです。アメリカ人の兵隊さんと思っていましたが、近くで見ると日本人でした。純二が、

「こんにちは」

と挨拶《あいさつ》をしたのに、難《むず》かしい顔をしてこちらを睨《にら》んでいます。パトロール兵は話をしてはいけない

のかと純二は思いました。

大学会館

豊中《とよなか》キャンパスは、私鉄《してつ》の運営会社《うんえいがいしゃ》があたり一帯を寄付《きふ》して設立《せつりつ》された浪花《なにわ》高等学校（浪高）が前身で、戦後の学制改革《がくせいかいかく》で大学の教養部となりました。このキャンパスに行くには、阪急宝塚《たからづか》線石橋駅を降《お》りて東に向かって国道を渡《わた》り緩《ゆる》やかな坂道を上っていきます。正面に医学部附属病院分院《いがくぶふぞくびょういんぶんいん》と書かれた門が見えました。門の前を右に折れて坂を上っていきますと、左手に大学病院の病棟《びょうとう》、右手に池が見えてきます。この池は〝水泳池〟と呼《よ》ばれていました。本来は農業用のため池として造成《ぞうせい》されたものを、学校が交渉《こうしょう》して水泳プール代わりに使っていたのです。池の中には水泳訓練用の飛び込《こ》み台跡《あと》が見えて、一部は崩《くず》れて杭《くい》だけが残っていました。杭《くい》の上にはいつものように羽根の色のきれいなカワセミが止まっていて、水面にはカイツブリが水に潜《もぐ》ったり泳いだりしていました。〝水泳池〟横の坂の上には高いフェンスで囲《かこ》まれたテニスコートが2面ありました。テニスコートの横をもうひとしきり上ると北校《ほっこう》に到着《とうちゃく》します。一郎と純二と宏はこの長い坂道を下って小学校と幼稚園《ようちえん》に通っていたのです。小学校に通うようになって、純二は住所を覚えさせられました。母の春子さんが、

「小学校は遠いのよ。電車に乗って通わないといけないのよ」

と厳《きび》しく言いました。

「分かったよ。もう覚えた。住所は豊中市《とよなかし》芝原《しばはら》32の1　○○○でしょ」

と応《こた》えると、

「迷子になったら、名前と住所をちゃんと言うのですよ」

と春子さんに練習させられていたのです。

北校《ほっこう》の建物《たてもの》は戦時中に敵機《てっき》に狙《ねら》われないようにと目立たない黒に近い濃《こ》い紺青《こんじょう》色に塗《ぬ》られて、戦後も長くそのままの色でした。北校《ほっこう》の丘《おか》を反対側に下ったところに、理系《けい》の研究室や実験室のある建物《たてもの》があり、その向こうに〝法文〟と呼《よ》ばれていた建物《たてもの》がありました。さらにその裏《うら》に、木々に囲《かこ》まれた体育館がありました。一郎は学校から帰るとよく純二を誘って体育館に行って、柔道《じゅうどう》や剣道《けんどう》などの運動部の練習を見に行くのが楽しみでした。そこで技《わざ》を見ていたので、休日に一郎は父の和夫さんに、

「お父さん、柔道《じゅうどう》の足技《あしわざ》をかけて」

とせがんでいました。和夫さんは柔道《じゅうどう》の経験《けいけん》があったので、一郎は技《わざ》をかけてもらうのが楽しみでした。また、一郎と純二は新聞紙を丸めて剣道《けんどう》の真似をして遊んでいました。

山田和夫一家が暮《く》らしている木造《もくぞう》2階建ての大学会館は、広い運動場を見渡《みわた》す位置にあります。学生が使うことを念頭に建てられたもので、玄関《げんかん》には名称を墨書《ぼくしょ》された大きな木額《もくがく》がかけられていました。玄関《げんかん》の前には前庭があり、大きな黒松の植栽《しょくさい》を中心にしたツツジの植え込《こ》みと庭石の石組みは意欲的な造園《ぞうえん》がされていたことが分かります。しかし、戦後は植栽《しょくさい》の剪定《せんてい》もされず、伸《の》び放題

でした。玄関《げんかん》には多数の人が使えるように壁《かべ》一面に下足箱が設置《せっち》されていました。玄関《げんかん》から廊下《ろうか》を突き当たると風呂場《ふろば》があって、総《そう》タイル張《ば》りの大きな風呂《ふろ》は10人でも一緒《いっしょ》に浸《つ》かれそうな浴槽《よくそう》でした。蛇口《じゃぐち》の並《なら》んだ広い洗《あら》い場にはシャワーも並《なら》んでいます。また、玄関《げんかん》から左に行くと40畳《じょう》以上の広さのある広間があって、運動部の合宿にも使われていました。時折、学生のコンパが開催されている日は、すき焼きの香りが立ち込《こ》めていました。夕方になって、一郎が、

「コンパの学生さんがゲロを吐《は》いたらしくて、廊下《ろうか》が臭《くさ》いよ」

と母の春子さんに言いました。純二も、

「トイレの洗面台も臭《くさ》かったよ。黒帯の学生さんがいたから柔道部《じゅうどうぶ》だよ、きっと」

と口を挟《はさ》みました。体育館で練習をいつも見ていたので、リーダー格の学生さんの顔を覚えていたのです。春子さんは、

「またですか。ちょっと掃除《そうじ》をしときましょうか」

と言ってバケツと雑巾《ぞうきん》を持って1階の広間に向かいました。コンパが夜のときは、遅《おそ》くまで大きな歌声が2階まで響《ひび》いてきました。

大学会館に隣接《りんせつ》して、事務職員用《じむしょくいんよう》の長屋が造《つく》られて、4家族が暮《く》らしていました。また、別棟《べつむね》には〝総長車《そうちょうしゃ》〟と呼《よ》んでいました箱型のイギリス製《せい》の高級車の車庫があり、車庫の中を改造《かいぞう》して、運転手さん一家が住んでいました。後に車庫が増設《ぞうせつ》されて、アメリカ製《せい》の大型高級車が2台置かれていました。どの車も黒でしたので、ほこりや汚《よご》れが目立ちやすいのですが、運転手さんは暇《ひま》があれば洗車《せんしゃ》して、しばしば羽ぼうきでほこりを払《はら》っていつもピカピカです。食料もままならない時代に

庶民《しょみん》の生活とはかけ離《はな》れた高級車ばかりでしたので、戦後の国立大学は、体面を保《たも》つために外国製《がいこくせい》の高級車を用意していたのです。

家族の一員になったクロ

カラスが山田家を訪《おとず》れて最初の日曜日、父の和夫さんはテニスコートの向こう側にある住宅《じゅうたく》を回って聞いてきました。

「何軒《なんけん》もの家を回ってきた。誰《だれ》に聞いてもカラスを飼《か》っている人は聞いたことがないという返事だったよ」

母の春子さんは、

「やはりね。うちでお世話するしかないですね」

と言って世話をすることに決めたようです。和夫さんも、

「カラスを飼《か》うことになると、子どもたちにとっても滅多《めった》にできない経験《けいけん》になると思うよ」

と言うと、

「まさか、カラスを飼《か》うなんて想像《そうぞう》したこともなかったですよ」

と春子さんもうなずきました。しかし、突然《とつぜん》の来訪者《らいほうしゃ》に、子どもたちは誰《だれ》もが大騒《おおさわ》ぎでした。生き物を飼《か》ったことといえば、金魚すくいで買った金魚と、大学キャンパスの森で捕《つか》まえたカブトムシとクワガタムシです。これら以外の動物を飼《か》ったことがなかったので、全て初めての経験《けいけん》だった

のです。

それから、毎日毎日、カラスのクロは山田さんの家をねぐらにして生活することになったのです。

「クロの朝ご飯はかごの中で食べてもらいなさい。朝は忙《いそが》しいから」

と母の春子さんが提案《ていあん》しました。一郎や純二が朝ご飯を食べてから、クロをかごから出して、少し遊んで学校に向かいました。クロも窓《まど》からどこかへ飛んで出ていきました。また、夕方はクロも戻《もど》ってきているので、晩《ばん》の食事の前に、子どもたちはクロと遊んでいました。家族が1匹《ぴき》増《ふ》えた状《じょう》況《きょう》です。クロは人間に馴《な》れているようで、恐《おそ》れません。キョロキョロと左目で見たかと思うと、右目でも見て、いつも周りを見張《みは》っています。羽根にゴミがついているので、近づいて触《さわ》ろうとしますと、安全な距離《きょり》を保《たも》ってピョンと跳《は》ねて離《はな》れます。ご飯でも、魚の煮物《にもの》でも、豆でも何でも全部食べるのです。次第に慣《な》れてきて、食べ終わると自分で勝手にかごに入ってじっとしているようになりました。

「今日はたくさん飛んだから眠《ねむ》たいのだよ」

と言っているようです。カラスは頭の先から尻尾《しっぽ》まで、全て真っ黒で黒光りがしています。純二は気持ちが悪い印象《いんしょう》を持っていました。ところがクロを近くで毎日見ていると、何も言わないし、表情《ひょうじょう》も分からないのに、かわいく思えてきました。目を見ていると何か話しかけてきているように思えたのです。学校から帰ると、クロと遊ぶのが楽しみになりました。それまで、大学の体育館に通って、運動部の練習を見たり、グランドでサッカーやラグビーの練習を見たりしていたのをやめていました。

戦後の日本は食料難《しょくりょうなん》が続きました。大学会館の住人たちは大学職員《だいがくしょくいん》です。大学の事務《じむ》にかけ合って、運動場の隅《すみ》のススキが生い茂《しげ》っているところを貸《か》してもらえることになりました。和夫さんは大学会館の垣根《かきね》の直ぐ南側の近いところを使わせてもらうことになったのです。しかし、ススキの根は深くて頑丈《がんじょう》です。ツルハシを使って、1株ずつ掘《ほ》り起こしていきました。まさに開墾《かいこん》です。春子さんは草を取って耕《たがや》しました。日曜日ごとの仕事で、何日もかかって1アールほどの畑ができました。前から畑で野菜を作っていた用務員《ようむいん》の田中さんがサツマイモの苗《なえ》を少し分けてくれました。

「グリーンピースの種があるよ。大豆も蒔《ま》こうよ」

和夫さんはお百姓さんになったように熱心でした。

「豆はカラスが狙《ねら》っているから、糸を張《は》るといいですよ」

と田中さんが教えてくれました。大学会館の横の池はフナ釣《つ》りの人たちが日曜日には並《なら》んでいました。釣《つ》り人が捨《す》てていった釣《つ》り糸を田中さんは拾っておいて、畑に1本張《は》っていたのです。

「カラスは目がいいからね。種を蒔《ま》いているのを遠くで見ていて、人がいなくなると掘《ほ》って食べてしまうのですよ」

と田中さんが説明すると、和夫さんが、

「へー。どこに種を埋《う》めたか分からないだろうに」

と尋《たず》ねました。

「畑の畝《うね》を見ていて、埋《う》めたところだけを掘《ほ》っていくのですよ。カラスは本当に賢《かしこ》いですからね」

田中さんの勧《すす》めの通りに糸を2本張《は》ったので、カラスに狙《ねら》われることもなく、大豆もグリーンピースも芽《め》が出てきました。サツマイモも元気につるを伸《の》ばし始めました。

「危《あぶ》ないよと知らせてあげると、カラスは近寄《ちかよ》ってこないんだよ」

と日曜日に、父の和夫さんは一郎と純二に教えました。母の春子さんはせっせと畑の草を取っていました。肥料《ひりょう》は人糞《じんぷん》です。田中さんの肥桶《こえおけ》と肥《こえ》びしゃくを借りて、担《かつ》ぎ棒《ぼう》の前後に肥桶《こえおけ》をつけて、和夫さんが〝エッサカ、ホイサカ〟と運んで畑にかけました。運動場の片隅《かたすみ》ですから日当たりは抜群《ばつぐん》ですし、肥料《ひりょう》もたっぷり与えましたので、畑の野菜はぐんぐん大きくなりました。一郎が、

「クロは畑のものは盗《ぬす》まないよね」

と言うと、父の和夫さんは、

「家でたくさんご飯を食べて出掛《でか》けるから、泥棒《どろぼう》はしないと思うよ」

と笑って言いました。

梅雨が来て、毎日毎日雨模様《あめもよう》です。雨が降《ふ》っているとクロは出掛《でか》けません。窓《まど》のそばで、じっと空を見上げています。そういう日は大変です。部屋中に新聞紙を敷《し》いて、クロが糞《ふん》をしても掃除《そうじ》がしやすくしないといけません。雨がやまないと分かると、クロはかごに入って、水を飲んだり、床《ゆか》にうずくまってうつらうつらしています。雨音がしなくなると、かごの網《あみ》を突《つ》っ突《つ》いて、

「外に出たいよ」

と合図をするのでした。

クロが帰ってこない

ある日、夕方薄暗《うすぐら》くなってもクロは帰ってきませんでした。純二は、窓《まど》を開けてずっと空を見上げて、

「どうしたのかな、クロは？　どこかで、捕《つか》まったのかな？　山のカラスに虐《いじ》められたかな？」

と晩《ばん》ご飯の時間になっても、窓《まど》から離《はな》れませんでした。

「今日は帰ってこないよ。どこかで、寝《ね》ているよ。ご飯が冷めてしまったけど、食べてしまいなさい」

と母の春子さんは、ご飯を食べるように促《うなが》しました。お風呂《ふろ》に入って、布団《ふとん》を敷《し》いて寝《ね》る時間になりました。電気を消しても、

「クロはどうしたかな？」

と話しながら、いつの間にか寝《ね》ていました。

次の日、純二は学校から帰ると、ランドセルを玄関《げんかん》に置いてそのまま外に出ました。裏山《うらやま》には、カラスが何羽も棲《す》み着いていました。2羽ずつのつがいと思われるカラスが飛んでいました。大きな赤松の林の中に巣《す》があるに違《ちが》いありません。また、1羽で松の枝《えだ》に止まっているカラスもいました。純二は松の木に近づいて、

「おーい、クロー」

と叫《さけ》びました。何の返事もなく、シーンとしています。ここにはいないなと思ったので、探《さが》す場

所を変えることにしました。まず北校《ほっこう》の横のテニスコートのあたりに行って、

「クロー」

と叫《さけ》びましたが、何の応答《おうとう》もありません。それから、何か手がかりが見えるかもしれない、北校《ほっこう》の屋上に上ってみようと考えました。北校《ほっこう》はテニスコートの横からスロープを上っていきます。建《たて》物《もの》の左端《ひだりはし》に玄関《げんかん》があって、入口横には守衛《しゅえい》さんが座《すわ》っています。ちょっと見ると、以前、父と一緒《いっしょ》にいたときに話をしたことがある守衛《しゅえい》さんでした。そこで勇気を出して、

「ちょっと屋上に上がらせて下さい」

とお願いすると、守衛《しゅえい》さんは、

「普通《ふつう》はダメだけど、先生のところの子どもだから、特別に許可《きょか》します。危《あぶ》ないことはしないで、早く降《お》りて下さいよ」

とやさしく言って、入れてくれました。天井の高いホールの正面には幅《はば》の広い手すりのついた廻《まわ》り階段《かいだん》があります。子どもの足では上るのが大変に感じられる高さでした。エレベーターもエスカレーターもありません。〝よいしょ。よいしょ〟と、4階まで上ると、少し狭《せま》い階段《かいだん》があって、屋上につながっています。屋上からの眺《なが》めは360度見渡《みわた》せる素晴《すば》らしいものです。遠くに阪急宝塚《たからづか》線の電車が走っています。その電車の線路の向こうに、伊丹飛行場《いたみひこうじょう》（現在《げんざい》の大阪国際空港）の滑走《かっそう》路《ろ》といくつもの格納庫《かくのうこ》が見えます。よく見えるように格納庫《かくのうこ》の屋根は赤と白の市松模様《いちまつもよう》に塗《ぬ》られています。当時は進駐軍《しんちゅうぐん》に接収《せっしゅう》されていて、深い緑色に塗《ぬ》られた軍用機が多数止まっていました。純二は思い出して、

「そうだ。クロはいつも北校《ほっこう》の上を飛んでいく」

とつぶやくと、反対側に回ってみました。こちらは待兼山《まちかねやま》の松林が広がっていて、林の向こうに阪急箕面《みのお》線が走っています。そのまた向こうには箕面《みのお》の山が壁《かべ》のように連《つら》なっています。近くの松林を一生懸命探《いっしょうけんめいさが》しましたが、カラスの姿《すがた》は見えませんでした。北校《ほっこう》の屋上に上ったことは、父の和夫さんには内緒《ないしょ》です。以前大きい子どもについて屋上に上ったときは、お父さんに話しました。すると、

「ダメだ！　守衛《しゅえい》さんに迷惑《めいわく》がかかるようなことはしてはいけないぞ！」

と凄《すご》い剣幕《けんまく》で怒《おこ》られました。純二は北校《ほっこう》の屋上からの景色が大好きでした。それからは、内緒《ないしょ》で屋上に上がらせてもらっていたのです。その日も夜になっても、クロは帰ってきませんでした。

帰ってきたクロ

それから3日目の夕方です。兄の一郎も純二も弟の宏も、クロのことはちょっと忘《わす》れていました。

「カー。カー」

窓《まど》の近くでカラスの鳴き声が聞こえてきました。

「あっ」

何か聞いたことのある声に、皆《みんな》、窓《まど》の外を見ました。窓《まど》の向こうの車庫の屋根にカラスがいてこちらを見ています。

「クロだ。クロが帰ってきた」

純二は窓《まど》に飛んで行って。急いで窓《まど》を開けました。

「おーい。クロー」

と叫《さけ》ぶと、バタバタと羽音をさせて、クロが窓《まど》の桟《さん》に止まりました。中をキョロキョロ、右目と左目で見回しています。

「クロ、お帰り」

と一郎が言いました。すると、クロがいつものようにピョンピョンと跳《は》ねながら入ってきて、机《つくえ》の上を歩きました。

「クロはきっとお腹《なか》が空いているよ」

と母の春子さんがご飯をクロのお皿に載《の》せて持ってきました。クロは、直ぐにご飯と魚をきれいに食べてしまいました。

「もうおやすみにしようか」

と母の春子さんが、電気を少し暗くすると、ピョンピョンとクロは、自分のかごへ入っていきました。

「疲《つか》れているのかもしれないね」

と春子さんがいつもの風呂敷《ふろしき》をかけてあげると、そのまま静かにしていました。一郎も純二も明日までの宿題をしなければなりません。もう一度電灯を明るくして、机《つくえ》に向かって勉強をしました。

父の和夫さんは遅《おそ》くなって帰ってきて、夕食を食べながら、

「良かったね。クロが元気に帰ってきて」

と母の春子さんと話しているのを聞きながら、一郎と純二は眠《ねむ》りにつきました。それからまた、毎日クロとの生活が続きました。時々クロが帰ってこない日もありましたが、

「そのうち帰ってくるよ」

とあまり気にならなくなっていました。

別れ

4月、5月、6月が過《す》ぎて、7月になりました。これまで3か月余《あま》りの間、クロがいて活気のある生活が続いていました。7月の下旬には、小学校の夏休みが始まります。夏休みになると毎年、家族全員でおじいさんとおばあさんの待っている島根県の郷里《きょうり》に帰ることになっていました。

「今年は、家族が増《ふ》えたからどうしましょうか?」

と母の春子さんが言いました。子どもたちは皆《みんな》、

「カラスのクロも連れて行ってあげないと、クロが困《こま》るじゃないの。せっかく馴《な》れてきたのに」

と口々に言いました。しかし、父の和夫さんは、

「連れて行きたい気持ちは分かるけどね。列車に乗って、何時間もかかるから、連れて行くのは無理だよ」

と言いました。

「クロはご飯を食べられるかな。食べ物がないと死んじゃうよ」

と純二は心配でした。

「何日も帰ってこないときがあったから、クロは食べ物を探《さが》して食べることができるから大丈夫《だいじょうぶ》だよ」

と和夫さんが説得《せっとく》しました。

それで誰《だれ》もが納得《なっとく》して、残念だけどクロは置いていくことになりました。出発の日には、春子さんが特別のご馳走《ちそう》を作り、

「さよなら、元気でいてよ。また帰ってくるからね」

とお別れを言いました。父の和夫さんは大きなボストンバッグを持っています。子どもたちもそれぞれリュックを担《かつ》いでいます。カラスのクロはいつもと違《ちが》う雰囲気《ふんいき》を感じたのか、窓《まど》を開けているのになかなか飛び出しません。出発する時刻が近づいたので、父の和夫さんが、

「クロは外だよ」

と言いながらクロを窓《まど》のそばに寄《よ》せていきました。クロは向かいの屋根の棟《むね》に止まって、じっとこちらを見ていました。子どもたちの一郎と純二と宏は急かされたので、

「さよなら、クロ」

と手を振《ふ》って出掛《でか》けたのでした。純二の目には涙《なみだ》が浮かんできました。

長かった夏休みも終わりに近づいて、一家は待兼山《まちかねやま》の大学会館に帰ってきました。次の日から毎

日、窓《まど》の外を眺《なが》めていましたが、カラスのクロは帰ってきませんでした。1か月間放っておいたのですから、仕方ありません。近所にも聞いて回りました。

「カラスが来ていたけど、エサをあげなかったから、どこかへ飛んでいったよ」

と運転手の村江さんが言いました。父の和夫さんは息子の一郎と純二と宏に、

「クロのことだから、きっとどこかにまた棲《す》むところを見つけているよ」

と話しました。母の春子さんも息子たちに、

「カラスだって友達みたいになれたのよね。クロと出会えて、ほんとに良かったね」

とうなずきました。一郎が、

「カラスは畑の作物を荒《あ》らしたり、果物を盗《と》ったり、種を掘《ほ》り返したり、悪いことばかりするけど、上手に付き合えば人間と仲良く生活できるかもしれないね」

と言うと、純二も、

「クロみたいに、ちゃんと聞き分けのいいカラスもいるからね」

と賛成《さんせい》しました。長かった夏休みもあと少なくなっていました。一郎と純二は宿題をしてしまおうと机《つくえ》に向かいました。

黒毛和牛のハナ

散歩《さんぽ》

山田純二が物心ついた頃《ころ》には、島根のおじいさんの家に黒牛がいました。おじいさんは黒牛が大好きで、ハナと呼《よ》んでいました。天気がいいときには、ハナの鼻輪《はなわ》にロープを結んで散歩《さんぽ》に出掛《でか》けます。家を出て、川沿いを歩いて田んぼを回って帰ります。年月が経《た》って小学5年生になった純二も時々、一緒《いっしょ》に散歩《さんぽ》しました。道端《みちばた》の草が伸《の》びていると、ハナは立ち止まって食べようとします。おじいさんは、

「帰ろう、帰ろう」

と言いながら鼻輪《はなわ》につないだロープで、ハナの大きなお腹《なか》を軽く触《さわ》ります。すると、ハナはゆっくりと首を上げて、また歩き出すのでした。純二はおじいさんに頼《たの》んでロープを持たせてもらったこともありました。ハナは気がついて首をちょっと曲げて、大きな目で後ろを見ました。

「まあ、いいか」

と言っているようにまた歩き始めました。おじいさんの黒牛は近所の家の牛と比《くら》べると、ひと回り大きくて、力が強そうでした。頭には大きな角を持っていて、2本の太い角はほぼ左右対称《さゆうたいしょう》で内向きに力強く湾曲《わんきょく》しています。角の根元は白く、中ほどは灰白色で、先端《せんたん》は細く黒光りがしています。身体の毛は毎日ブラッシングしてもらっているので、艶《つや》がありました。

朝と晩《ばん》に、使用人の吉田さんがエサをあげます。草や稲《いな》わらを切る大きな押切《おしぎり》機をエサ箱の上に置いて、草や稲《いな》わらを挟《はさ》んで力強くハンドルを押《お》すと細かく切れてエサ箱に落ちます。吉田さんが

純二に言いました。

「押切《おしきり》の刃はよく切れますからね。手を出したら、手が切れて吹っ飛びますよ」

と注意しました。エサ箱は大きいので、吉田さんはたくさんの稲《いな》わらを切らないといけません。額《ひたい》に汗をいっぱいかいて息も切れています。稲《いな》わらと草を切ったエサの上に、穀物《こくもつ》の煮物《にもの》を茶碗《ちゃわん》で何杯もかけて混ぜました。あまり美味しそうではないのに、ハナはよく食べてくれます。時々、栄養剤《えいようざい》を混ぜてカルシウムやその他のミネラルを与えていました。ハナは吉田さんの言うことをよく聞きます。エサを食べる前に、吉田さんが、

「回って」

と言いながら腕《うで》を回すと、ハナは狭《せま》い馬屋《まや》の中でグルッと３６０度回って、大きな目で吉田さんを見ました。吉田さんが許可《きょか》するまで、決してエサを食べないのです。

「よし」

と吉田さんが低い声で掛《か》け声をかけると、待ちかねたようにエサ箱に早足で向かっていきました。

吉田さんは、純二を見てにっこり笑いました。純二が、

「吉田さんの言うことをよく聞くね」

と言うと、

「ハナは賢《かしこ》いけんね」

と得意《とくい》そうにうなずきました。

出産

あるとき、吉田さんが、

「ハナが発情《はつじょう》したみたいですわ」

とおじいさんに報告《ほうこく》しました。おじいさんは
「昨晩《さくばん》はハナがよく鳴いていた。やはりそうか。じゃー、獣医《じゅうい》さんに電話して種付《たねつ》けに来てもらうよ」

と言って、早速電話機に向かってダイヤルを回し始めました。次の日に、オートバイにカバンを積んだ獣医《じゅうい》さんがやって来ました。時候《じこう》の挨拶《あいさつ》をして、まず縁側《えんがわ》でお茶を飲みながら、カバンからプラスチックの棒《ぼう》の束を取り出しました。束ねた輪ゴムを外しながら、

「精液《せいえき》はこれにしましょう」

と言って1本の棒《ぼう》を取り出しました。馬屋《まや》の前の庭には、はで木で枠《わく》が作られています。吉田さんがハナを枠《わく》の中につなぎました。獣医《じゅうい》さんが、純二に向かって、

「あんたも、見ときなーか」

とやさしい顔をして言いました。純二は、

「うん、いいですか」

と返事をしました。獣医《じゅうい》さんは聞こえたのかどうか、ピカピカ輝《かがや》いている金属《きんぞく》の器具を用意していました。使用人の吉田さんはハナの背中《せ》を押《お》さえています。獣医《じゅうい》さんは先ほど選んだプラスチッ

クの棒《ぼう》を器具の先にセットして、慎重《しんちょう》に注入しました。

「はい、終わりました」

と獣医《じゅうい》さんはニコニコと笑顔をしていました。

それから何か月か経《た》って、ハナの世話をしている吉田さんが、

「どうも、今夜ですよ」

と言ってきました。おじいさんは、

「予定日が来たと思っていたところだった」

と急いで馬屋《まや》へ行きました。馬屋《まや》の入口には稲《いな》わらで編んだむしろが何枚も吊《つ》り下げてありました。

「何してるの？」

と純二が尋《たず》ねると、おじいさんは、

「静かにしなさい。もうすぐ産まれるぞ。落ち着いてお産ができるように、暗くしてあげるのだよ」

とおじいさんが小さい声で説明してくれました。純二は牛の赤ちゃんのことはすっかり忘《わす》れていました。なぜなら、これまでと変わらずにおじいさんと田んぼで働いていましたし、田んぼに行かない日は、散歩《さんぽ》をしていたからです。ハナのお腹《なか》は普段《ふだん》からとっても大きいので、赤ちゃんがお腹《なか》に入っているかどうか分かりませんでした。おばあさんも何かそわそわして、

「お風呂《ふろ》が沸《わ》いているよ」

と落ち着かない様子で言いました。そこで、純二は風呂《ふろ》に入って寝《ね》ました。翌朝、おじいさんに

会うと、

「夕べ遅《おそ》くなってから、仔牛《こうし》が産まれたよ。雌《めす》だったよ」

と嬉《うれ》しそうに教えてくれました。雌《めす》の仔牛《こうし》は市場に出すと高く買ってもらえるのです。それからしばらくの間、ハナがつながれている庭では仔牛《こうし》がハナの近くを跳《は》ね回っていました。時々おっぱいを飲んで、また走り回って遊んでいます。純二が近づくと興味《きょうみ》ありそうに寄《よ》ってきては、走って逃《に》げていきます。ハナは大きな目で様子をじっと見ているのでした。

鼻輪《はなわ》

農耕用《のうこうよう》に飼育《しいく》されている牛は半円形の鼻輪《はなわ》をつけています。若いときに鼻に穴《あな》をあけて鼻輪《はなわ》をつけて、一生使います。飼《か》い主は鼻輪《はなわ》に結びつけたロープで牛に合図をして、前進したり、止まったり、あるいは左折や右折をします。あるとき、隣《となり》の地区に住んでいる斎藤さんが訪《たず》ねてきました。いつものように、庭にハナがつながれていました。用事が済《す》んで庭に出てきた斎藤さんが純二に言いました。

「この鼻輪《はなわ》は私《わたし》が作ってあげたよ」

突然《とつぜん》に話しかけられたので、純二はびっくりして、

「鼻輪《はなわ》を作るなんて、初めて聞きました」

と応《こた》えると、斎藤さんは得意《とくい》そうに、

「牛の鼻輪《はなわ》はカマツカという木で作るのですよ」

と言いました。純二には聞きなれない木の名前でした。

「カマツカの木はどこにあるの？」

と尋《たず》ねると、

「このあたりにはない木でね。中国山地の奥《おく》に行って採《と》ってくるのです」

と教えてくれました。

「なぜ、カマツカの木でないといけないの？」

と尋《たず》ねますと、

「カマツカは堅くて粘《ねば》り強いのです。他の木で作った鼻輪《はなわ》をつけると、牛の鼻に傷《きず》がつくのです。最近のプラスチックはもってのほかで、牛が嫌《いや》がるのですよ」

と斎藤さんは話してくれました。続けて斎藤さんは、

「私《わたし》の作る鼻輪《はなわ》は評判が良くてね、注文がいっぱいあって1年くらい待ってもらっています」

と得意《とくい》そうに言いました。そういう斎藤さんは牛を家族のように大事にしていて、毎年の牛の共進会で1等賞を取っていることを誇《ほこ》りにしていたのです。

ハナのお腹《なか》を触ってみた

天気のいい日、ハナは前庭につながれていました。ハナが向きを変えないように、前と両側に柵《さく》

が作られていて、前中央に大人の背丈《せたけ》ほどの高さのある太い丸太の支柱《しちゅう》が庭に立ててあります。支《し》柱《ちゅう》は柵《さく》とボルトで結ばれていて頑丈《がんじょう》です。支柱《しちゅう》の上端《じょうたん》には木の枝《えだ》の部分が股《また》になって残されています。この股《また》のところにロープがかけてあり、緩《ゆる》く結ばれています。ハエやアブが寄《よ》ってくると、ハナは尻尾《しっぽ》を振《ふ》ってたたいたり、大きな耳をパタパタと揺《ゆ》らせたりして風を起こして虫を追い払《はら》っています。

「牛は怖《こわ》いから近づいたらダメだよ」

とおじいさんに言われてきました。そういうときはいつも、

「時々、首を振《ふ》るからね。そのときにあの牛の角に引っかけられると、大ケガをするからね。牛は後ろも危《あぶ》ないよ。不意に蹴《け》ることがあるからね」

と注意されていました。

「つながれているときは、横には行ってもいいですか」

と尋《たず》ねると、おじいさんは

「横は柵《さく》があるから大丈夫《だいじょうぶ》だよ」

と笑いました。

そこで、純二はハナの横の柵《さく》から手を出して恐《おそ》る恐《おそ》るお腹《なか》を触《さわ》ってみました。ゴワゴワの黒い毛で覆《おお》われたハナの大きなお腹《なか》は、硬《かた》く張《は》ってつるつるです。毎日のように、おじいさんか吉田さんが牛用の硬《かた》いブラシで、首から背中《せ》、お腹《なか》からおしりまで、ゴシゴシと擦《こす》ってあげると、尻尾《しっぽ》を振《ふ》って気持ち良さそうにしていたのです。しかし、角のある頭と顔はおじいさんしか触《さわ》りません。

ヤギの出産

おじいさんのところでは、ヤギも飼《か》われていました。使用人の吉田さんが、

「ヤギが発情《はつじょう》しました」

と報告《ほうこく》に来ました。おじいさんは直ぐに、

「連絡《れんらく》しておくから、種付《たねつ》け所に連れて行って」

と指示しました。〝ヤギの種付《たねつ》け所〟という看板《かんばん》をかけている家には雄《おす》ヤギを飼《か》っているのです。

それから何か月か経《た》ってヤギの子が2頭産まれました。仔《こ》ヤギは次の日には庭を駆《か》け回って遊ぶようになります。仔《こ》ヤギは足の毛がふさふさと生えていて、愛らしい目をしていますし、仕草《しぐさ》がとてもかわいいのです。触《さわ》って撫《な》でてあげたいのですが、素早く逃《に》げて捕《つか》まえさせてくれません。産まれてから数日は母ヤギの乳《ちち》を全部与えます。しばらくして、仔《こ》ヤギは貰《もら》われていきました。ヤギ乳《にゅう》を取るために、仔《こ》ヤギはいらないのです。母ヤギは異変《いへん》が分かって、

「メー、メー」

と悲しそうな声で何度も鳴いていました。それでも次の日には諦《あきら》めたのか、普段《ふだん》と変わらない様子になりました。

朝と晩に乳《ちち》を搾《しぼ》るのはおばあさんの仕事です。純二もお手伝いをしようと、

「僕《ぼく》にも乳搾《ちちしぼ》りを教えて下さい」

とお願いすると、

「人差し指と親指で乳首《ちくび》の付け根をしっかりつかんで、中指、薬指、小指と順に握《にぎ》るのだよ」

と教えてくれました。おばあさんの真似をして乳首《ちくび》を握《にぎ》ると、ジューッと乳《ちち》を受ける1升瓶《しょうびん》に入ります。1日に2リットル以上の乳《ちち》が採《と》れるので、毎食後、家族全員がご飯茶碗《ちゃわん》1杯のヤギ乳《にゅう》を飲んでいました。ヤギ乳《にゅう》は独特《どくとく》の臭《にお》いがあって、初めは好きになれませんでした。だんだんと慣《な》れてきて美味しくなってきました。おじいさんは、

「牛乳を飲むとお腹《なか》の具合が悪くなるので困《こま》っていた。ところが、ヤギ乳《にゅう》はたくさん飲んでも何ともないよ」

と言って喜《よろこ》んでいました。

「どうしてヤギ乳《にゅう》は何ともないの?」

と尋《たず》ねると、

「それはね、ヤギ乳《にゅう》は成分の乳糖《にゅうとう》の量が牛乳と比《くら》べて少ないためなんだ。ヨーロッパ人の中には乳《にゅう》糖《とう》がダメなので牛乳は飲めない民族がいて、ヨーグルトにして食べているのだよ」

と説明してくれました。おじいさんはチーズが大好きで、チーズの塊《かたまり》を買ってきて、ナイフで切ってひとかけずつ食べていました。

「ヤギ乳《にゅう》でもチーズができるそうだ」

とおばあさんに言うと、

「知っていますよ。もうこれ以上仕事を増《ふ》やさないで下さい」

と言って反対しました。

ヤギの大ケガ

ある日、普段《ふだん》は別の場所につながれるヤギが、牛の隣《となり》につながれたことがありました。ヤギが周りをうろうろするので、いつもは庭を占領《せんりょう》するようにゆったりしている黒牛のハナが癇癪《かんしゃく》を起こしたようです。ハナが首を大きく振《ふ》り回したときに、ヤギが振《ふ》り返ったのです。その瞬間《しゅんかん》、ヤギの首元に牛の角が当たりました。ヤギは振《ふ》り飛ばされて、宙《ちゅう》を舞《ま》ってドタッと倒れました。角が引っかかったところが裂《さ》けて、ヤギの首から真っ赤な血液《けつえき》が溢《あふ》れています。一瞬《いっしゅん》の出来事に、おじいさんは少しあわてて、おばあさんに、

「針《はり》と糸を持ってこい！」

と叫《さけ》びました。

「ダメかもしれんが、やってみるか」

とおじいさんは、白い木綿糸《もめんいと》を針《はり》に通すと、ヤギの喉元《のどもと》の傷《きず》を縫《ぬ》い始めました。ヤギは大きな傷《きず》から溢《あふ》れ出る血でショックだったのか、気を失ったのか動きません。少し経《た》つと、ヤギが気がつきました。麻酔《ますい》をしていないので痛《いた》かったに違《ちが》いありません。しかし、暴《あば》れもしないでじっと手当の間、耐《た》えていました。おじいさんは手を血だらけにしながら、一生懸命《いっしょうけんめい》に針《はり》を通して糸を結んで、血が溢《あふ》れ出る傷口《きずぐち》を塞《ふさ》いでいきました。黒牛のハナは、

「悪いことをした」

と思ったのか、じっと固《かた》まっていて不思議な時間でした。その後、縫《ぬ》い合わせた傷口《きずぐち》を赤チンで

消毒《しょうどく》して、緊急《きんきゅう》手当が終わりました。ケガの出血は相当あり、周りの土が真っ赤な血の色に染《そ》まっていました。しっかりと縫《ぬ》ってあったのか、不思議なことに傷口《きずぐち》からの出血が止まったようです。

使用人の吉田さんが、

「ヤギ小屋は掃除《そうじ》しておきました」

と言うのを聞いて、おじいさんが

「さあ、ヤギ小屋へ運んでやろう」

と言って横たわったままのヤギをむしろに乗せて、吉田さんとおばあさんと一緒《いっしょ》にヤギ小屋に運びました。ヤギ小屋はきれいに掃除《そうじ》されていて、新しい敷《し》きわらの上にヤギをゆっくりと横たえました。ヤギは息をしていますが、起き上がろうともしません。

「牛の前につないだばっかりに、大ケガをさせてしまった」

とおじいさんは気を落として悔《く》やんでいました。

ところが、2日後、起き上がったヤギはエサを食べ始めたのです。気分も良くなったのか、外に出たい仕草《しぐさ》をします。首輪にロープをつないで扉《とびら》を開けると、ヤギはゆっくりと歩き出しました。

「もう大丈夫《だいじょうぶ》だ」

おじいさんはそう言って大きく息を吸《す》い込《こ》んで吐《は》き出しました。

「薬も使わないのに感染《かんせん》しなかったし、縫《ぬ》ったのは初めてなのに、血が直ぐに止まってくれた。動物の回復力《かいふくりょく》は凄《すご》い」

と続けました。

「ヤギの周りの血の海を見たときは、心臓《しんぞう》が止まりそうでしたよ。一時はどうなることかと思いました」

とおばあさんもうなずき喜《よろこ》びました。純二は、

「おじいさんの言う通りだね。角のひと振《ふ》りで大きなヤギを振《ふ》り飛ばすのだから、ハナの力は凄《すご》く強いね。近づかないようにしよう」

とあらためて決心しました。おじいさんは、

「ヤギが助かって良かった、良かった。私《わたし》は手術《しゅじゅつ》の才能《さいのう》があるかもしれないね」

と勝手なことを言って皆《みんな》を笑わせました。この事件《じけん》以来、決してハナと同じところにヤギをつながないように気をつけていました。このヤギはその後、何年もおじいさんの家で飼《か》われていて、毎年仔《こ》ヤギを産んでヤギ乳《にゅう》を出して皆《みんな》に飲ませてくれました。

ハナに乗る

当時、この地域《ちいき》のほとんどの農家は農耕用《のうこうよう》に牛を飼育《しいく》していました。春に桜《さくら》の咲く頃《ころ》、広い田んぼを耕《たがや》して、水を入れて代《しろ》かきをして田植えの準備をするには、牛の働きが欠かせない労働力だったのです。牛は性質《せいしつ》がやさしいし、従順で飼《か》い主の言う通りに働いてくれます。さらに稲《いな》わらや雑草など、人が食べないものと少量の穀物《こくもつ》だけで飼育《しいく》できますので費用《ひよう》がかかりません。また、牛車を引かせて荷物の運搬《うんぱん》をすることもできます。ハナが田起こしや荷車引きの仕事をするときは、重

い鞍《くら》を背中《せなか》にしっかりと着けます。仕事が終わって家に帰るとき、

「牛に乗ってみるか」

とおじいさんが突然《とつぜん》言いました。純二がびっくりしていると、おじいさんは、

「ハナは特別やさしい牛だから、乗せてくれるよ」

と言ってハナの背《せ》中をさすりました。純二が、

「じゃ、乗せて」

と応《こた》えると、おじいさんは純二を持ち上げて、牛の背《せ》中の鞍《くら》の上に座《すわ》らせました。するとハナは後ろを見返してから、

「モー」

と鳴いてゆっくりと歩き始めたのです。純二は揺《ゆ》れながら落ちないようにと、鞍《くら》にしがみついていました。初めは怖《こわ》かったのですが、家に着く頃《ころ》には次第に慣《な》れてきて周りを見回すことができるようになっていました。


馬を飼《か》っている農家もありました。純二の知っている限《かぎ》り、馬車で荷物を運ぶ仕事を兼業《けんぎょう》している人（馬車引きさん）が馬を飼《か》っていました。馬の力は牛と比《くら》べるとはるかに強く、細い山道を重い木材を山のように積んで運ぶ馬車は、林業には欠かせませんでした。馬車馬も春には、田んぼで働いていました。牛と比《くら》べて、馬は倍くらいの速度で鋤《すき》を引いて田起こしをします。首を上下に振《ふ》りながら鼻息荒《あら》く、足で力強く蹴《け》って進む馬の勢《いきお》いと黒光りする馬の姿《すがた》には、人を惹《ひ》きつける美し

さがあります。しかし、後で鋤《すき》を持ってついて歩く飼《か》い主の男は駆《か》け足で、息を切らして辛《つら》そうでした。純二は馬が力強く仕事をしているのを見るのが好きで、時々後をついて歩いていたのです。

「子どもたちは馬が好きだと言っているよ。おばあさん、小型《こがた》馬のポニーを飼《か》ってみようか？」

突然《とつぜん》の提案《ていあん》におばあさんは驚《おどろ》いて、

「誰《だれ》が世話をするのですか」

おじいさんは、

「子どもたちも手伝うと思うよ。ポニーはかわいいよ」

「おじいさんは歳《とし》を考えて下さい。子どもたちでは無理ですよ」

とおばあさんが応《こた》えて、結局ポニーの話はそれまでになってしまいました。

馬屋《まや》

おじいさんの家の門を入って左奥《おく》に古い土蔵《どぞう》があって、その向こうに牛が飼《か》われている馬屋《まや》がありました。どういうわけか、この地方では家畜《かちく》を飼育《しいく》する場所を馬屋《まや》と呼《よ》んでいます。純二には分からないことがありました。

「牛小屋なのに大人たちはどうして、馬屋《まや》と呼《よ》ぶの？」

とあるとき、おじいさんに尋《たず》ねました。

「それはね、昔は人や荷物を運ぶのは馬車だったのだよ。だから、家畜《かちく》は馬と決まっていたので、家畜《かちく》小屋のことを馬屋《まや》と呼《よ》んでいるのだ。今は少し見栄を張《は》ってね」

とおじいさんは説明してくれました。純二は重ねて、

「おじいさんは何で、馬じゃなくて牛を使うの？」

と尋《たず》ねました。すると、

「馬は牛の何倍も値段《ねだん》が高いし、エサもたくさん食べるし、気性も荒《あら》いし、力も強いから、おじいちゃんの力では馬を使うのは無理なのだ」

と教えてくれました。

「牛の糞《ふん》なのに、馬屋肥《まやご》えというのも同じだね」

と純二が尋《たず》ねると、

「純二はいいところに気がついたね。牛糞《ぎゅうふん》もヤギ糞《ふん》も、いい肥《こ》やしになるけどね。中でも馬糞《ばふん》が一番上等だからね。家畜《かちく》の糞《ふん》はどれでも、馬屋肥《まやご》えと呼《よ》んでいるのだ」

と話してくれました。

「何で、馬糞《ばふん》が上等なの？」

と尋《たず》ねると、

「牛もヤギも反芻《はんすう》動物で、一度食べたものを胃に送って、後で口に戻《もど》してもぐもぐと噛《か》んで、また胃に戻《もど》すのだ。馬は反芻《はんすう》をしないので、糞《ふん》には消化しきれない稲《いな》わらの栄養分が残っているのだ。だから、肥《こ》やしとしては効果《こうか》が大きいのだ」

と説明してくれました。使用人の吉田さんは10日に1回くらい、馬屋《まや》を掃除《そうじ》して、ハナやヤギの

糞《ふん》と尿《にょう》のたまった敷《し》きわらを大八車《だいはちぐるま》に乗せて、堆肥《たいひ》小屋に運ぶ仕事をしていました。堆肥《たいひ》小屋で積んでおくと発酵《はっこう》します。しばらくして馬屋肥《まやご》えを積み替《か》えて空気に触《ふ》れさせると発酵《はっこう》が一層進みます。敷《し》きわらと糞《ふん》と尿《にょう》は微生物《びせいぶつ》の力で、田んぼや畑の作物にいい堆肥《たいひ》になるのでした。

ハナとの別れ

それから何年か経《た》って、農機具の進歩で耕運機《こううんき》が普及してきました。おじいさんも耕運機《こううんき》を買って、田んぼや畑を耕《たがや》すようになりました。まだ軽トラックなどない時代ですから、何を運ぶにも大《だい》八車《はちぐるま》かリアカーでした。使用人の吉田さんは大八車《だいはちぐるま》を引く名人でした。しかし、おじいさんには、重い大八車《だいはちぐるま》を引くのは辛《つら》かったようです。道路を走るために、運転免許《うんてんめんきょ》を取って、耕運機《こううんき》に大八車《だいはちぐるま》を取りつけると、荷物を運ぶのが大変楽になりました。ところが、耕運機《こううんき》が来てから、牛の仕事はなくなりました。ハナは毎年仔牛《こうし》を産んでくれて、仔牛《こうし》が売れるので収入もあったのです。しかし、もう歳《とし》を取って仔牛《こうし》を産むこともできません。それでもそれから何年も、ハナは家族のように飼《か》われていました。あるとき、おじいさんが、

「永いこと一緒《いっしょ》に田んぼを耕《たがや》してきたけどね。ここで、ハナが亡《な》くなると困《こま》るのだよ」

と話しました。おばあさんは、

「おじいさんは非情《ひじょう》な人だ。もう少し、ハナを見ていてやりたいのに」

と泣きそうな声で言いました。

「ここに来てからもう15年以上になる。ここで死んでしまったらどうするのだ。伝染病《でんせんびょう》かもしれないから、役所に届出《とどけで》しないといけない。穴《あな》を掘《ほ》って埋《う》めるにも、あんな大きな物は運べないよ。業者に頼《たの》むにも、死んじゃったら廃棄物《はいきぶつ》だからね」

と困《こま》った顔をしています。それから数日後、おじいさんはハナを売りに出すことを決断しました。しばらくして、牛を売買する業者のトラックが到着《とうちゃく》しました。おばあさんは涙《なみだ》をこらえ切れずに泣いています。使用人の吉田さんもハナのお腹《なか》をさすりながら、目には涙《なみだ》が浮かんでいます。おじいさんは別れが辛《つら》いのか、家から出てきませんでした。ハナはいつもと違《ちが》う雰囲気《ふんいき》に気がついたのでしょう。家の門から出るのを嫌《いや》がっています。そのうち、ハナは諦《あきら》めたように、業者のトラックの荷台に上っていきました。悲しそうな目をして遠くの山を見ているようでした。トラックが動き出すと、

「さよなら、ハナ。さよなら、ハナ」

と何度も言って、おばあさんはトラックが遠くで曲がって山に隠《かく》れるまで見送っていました。

数週間経《た》って、使用人の吉田さんは、

「私《わたし》も歳《とし》を取りまして、そろそろお暇《いとま》をしたいと思います」

と挨拶《あいさつ》をして、辞めていきました。吉田さんは黒牛が大好きで、ハナの世話が生きがいだったのです。家族のようになっていたハナのいなくなった馬屋《まや》の前を通ると、純二は何かポッカリと穴《あな》があいたように寂《さび》しく感じたのでした。

家守《やもり》のアオダイショウ

突然《とつぜん》の出会い

純二は小学校4年生から卒業するまで、おじいさんとおばあさんの住んでいる田舎《いなか》の家に預《あず》けられていました。純二が外から帰ってきたとき、家の人は皆出掛《みんなでか》けていて、家中シーンとしていました。玄関《げんかん》の土間から台所の土間に向かっていくと、何とドアのノブにヘビが巻《ま》き付いているではありませんか。ドアノブを回して、ドアを開けようとしているのです。一瞬《いっしゅん》立ちすくみました。気を取り直して、よく見るとアオダイショウでした。アオダイショウには危険《きけん》はありません。

「おーい」

とアオダイショウに声をかけるとアオダイショウも気がついて、目が合いました。ドアノブに巻《ま》いている胴体《どうたい》をするすると解《と》いて、飛び下りて逃《に》げていきました。体長60センチメートルくらいのまだ若いアオダイショウでした。夕飯のときに、

「おじいさん、今日ね、アオダイショウがドアノブに巻《ま》き付いていた。きっと、懸命《けんめい》にドアノブを回そうとしていたのだよ」

と話しました。

「そうか。時々、ドアを閉《し》めて出掛《でか》けたはずなのに、帰ってみるとドアが開いていることがあった。外の戸は閉《し》まっているので、何も盗《と》られていないし、そのままにしていたよ。アオダイショウの仕業でドアが開けられていたのだったかもしれないね」

「そうか。子どものアオダイショウがドアノブを回す練習をしていたのだね」

「アオダイショウは賢《かしこ》いね。人がドアノブを回してドアを開けるのをどこかで見ていて、開け方を覚えたのだね」

とおじいさんは、しきりに感心していました。

「アオダイショウはウロコに特殊《とくしゅ》な機能《きのう》があって、木でも壁《かべ》でも垂直に上ることができるのだよ。だからドアノブまでよじ登っていたのだ。他のヘビにはできないらしいよ」

と続けて言いました。

夜中にバターンと何かが落ちる音がすることが、時々ありました。布団《ふとん》に入って寝《ね》る前に電灯を消してからでした。純二は驚《おどろ》いて、

「何、あの音は?」

と聞きました。

「あれはね、アオダイショウはニワトリの卵《たまご》を丸のみにして食べるので、お腹《なか》の中の卵《たまご》を割《わ》るために高いところから落ちるのだそうだよ。見たことがないがね」

とおじいさんが教えてくれました。

「あんな大きな音がするなら、ヘビは痛《いた》いよね」

と純二は言いました。おじいさんは、

「ヘビは動物を絞《し》め殺《ころ》してから丸のみにするのだよ。丸のみにした動物を砕《くだ》いて消化しているのかもしれないね」

と言いました。そんな話を聞きながら純二は眠《ねむ》ってしまいました。

おじいさんの家

純二が暮《く》らしていたおじいさんの家は、築後《ちくご》200年ほど経《た》った日本家屋です。大きな家は典型《てんけい》的な田の字型構造《がたこうぞう》で、8畳《じょう》の間と10畳《じょう》の間が縦《たて》と横に3つ並《なら》んでいる建物《たてもの》です。壁《かべ》がないので、太い柱だけで建物《たてもの》を支《ささ》えています。

「ねえ、おじいさん、柱も鴨居《かもい》もどこも真っ黒に墨《すみ》で塗《ぬ》られているけど、何で墨《すみ》を塗《ぬ》るの？」

と尋《たず》ねると、

「墨《すみ》を塗《ぬ》っておくと虫に食べられにくいのだそうだよ」

と教えてくれました。畳敷《たたみじき》の部屋の天井は高く、2階建ての住宅《じゅうたく》の吹き抜《ぬ》け部分の高さほどもあります。それぞれの部屋の間は板戸か、ふすま、あるいは障子《しょうじ》です。家中の物音が全部聞こえますので、プライバシーはありません。7月になると建具の立て替《か》えといって、障子《しょうじ》とふすまを細い葭《よし》でできた簾戸《すど》に取り換《か》えます。葭《よし》の間から隣《となり》の部屋が丸見えですのでプライバシーはさらになくなりますが、換気《かんき》は抜群《ばつぐん》ですので、熱がこもりません。エアコンのない時代この地方の農家では、できるだけ暑い夏を過ごしやすいような北向きで風通しのいい家を建てていました。暑い間は朝から晩《ばん》まで田畑で働くので涼《すず》しい家で休んで疲《つか》れを取ることが大切だったのです。冬の間はこたつにあたって暖《あたた》かくなる春が来るのをじっと待つのです。

大黒柱《だいこくばしら》

玄関《げんかん》を入ったところは広い土間で、縄《なわ》や草履《ぞうり》、むしろなどを作るわら仕事や、秋には玄米《げんまい》を俵《たわら》に詰《つ》める作業にも使われていました。土間には天井が張《は》ってないので、見上げるとひと抱《かか》え以上もある梁《はり》が縦横《たて》に何段《なんだん》も組まれていて、頑丈《がんじょう》な建物《たてもの》であることが分かります。中心にある大黒柱《だいこくばしら》が大きな梁《はり》を支《ささ》える構造《こうぞう》です。幅《はば》が30センチメートルもある大黒柱《だいこくばしら》はケヤキの木で作られていて、この柱だけつるつるに磨《みが》かれて光っています。

「おじいさん、たくさん柱があるのにこの柱だけを特別に、何で大黒柱《だいこくばしら》というの？」

と尋《たず》ねますと、

「上の梁《はり》を見上げて、こちらの梁《はり》も、あの梁《はり》もどれも大黒柱《だいこくばしら》が支《ささ》えているよ。大黒柱《だいこくばしら》がダメになるとこの家は倒れてしまうのだよ。他の柱は取り替《か》えることができるが、大黒柱《だいこくばしら》は取り替《か》えられないよ」

と説明してくれました。

「他にたくさん柱があるのに、大黒柱《だいこくばしら》は1本だけ特別な役割の柱だね」

と純二が言うと、

「そこから、一家の中心となる人を例えて、大黒柱《だいこくばしら》というのだよ」

と教《すす》えてくれました。大黒柱《だいこくばしら》の上を見上げると、梁《はり》の間から、屋根を支《ささ》えている太い垂木《たるき》も真っ黒く煤《すす》けて見えます。垂木《たるき》がよく見えるのは、煙抜《けむりぬ》きから外の光が差し込《こ》んでいるからです。外か

ら見ると、屋根の破風《はふ》の下は、1辺が2メートルもある三角形の煙抜《けむりぬ》きの大きな穴《あな》が空いています。おじいさんは、

「江戸時代までは日本は煙突《えんとつ》を作ることを知らなかったので、煙抜《けむりぬ》きが必要だったのだよ」

と説明しました。昔の台所では薪《まき》を燃料《ねんりょう》にしていたため、もうもうと上がる煙《けむり》を逃《のが》す仕組みが作られていたのです。

「明治時代になって、西洋から煙突《えんとつ》が入ってきたらしい。この家の台所の煙突《えんとつ》は後からつけたものでね」

と説明してくれました。かまどには煙突《えんとつ》がつけられましたが、煙《けむり》は焚《た》き口《ぐち》にも上がってくるので煙抜《けむりぬ》きは役立ちます。さらに夏には上昇気流《じょうしょうきりゅう》が生じて、天然のクーラーの役割もしました。しかし、冬の吹雪《ふぶき》の日には雪が舞《ま》い降《お》りてきて、寒い台所でした。朝は流し台には決まって厚《あつ》い氷が張《は》っているのです。朝、かまどに火が焚《た》かれると、湯気が立ち、室温が上がって暖《あたた》かくなってきます。

リフォーム

おばあさんは毎日、かまどに薪《まき》を焚《た》いて料理を作っていました。

「ご飯は分厚《ぶあつ》い木の蓋《ふた》を乗せた羽釜《はがま》で炊《た》いたものが一番美味しい」

と言って、灯油のコンロを買っても、燃料《ねんりょう》がプロパンガスのコンロになっても、かまどに火を焚《た》いて羽釜《はがま》でご飯を炊《た》いていました。ところが

「電気釜《でんきがま》を使うと、美味しいご飯を手軽に炊《た》くことができるらしい」

とおじいさんが聞いてきました。

「それなら、買ってみて下さい」

とおばあさんが賛成《さんせい》しました。使ってみると噂《うわさ》通りに、といだ米を入れてタイマーをセットしておけば、好きな時間に炊《た》き立てで美味しいご飯を食べることができました。

「おじいさん、もうかまどはいりませんね。味噌汁《みそしる》や煮物《にもの》はガスコンロで十分できますから」

煮炊《にた》きするかまどがいらなくなったので、台所作業は一変しました。おばあさんが、

「おじいさん、かまどを取り払《はら》って台所を改造《かいぞう》して下さい」

とお願いしました。そこで、馴染《なじ》みの大工さんとおじいさんは、台所の改造《かいぞう》の設計《せっけい》について相談を続けました。台所だけでなく、薪《まき》を焚《た》いて沸《わ》かしていた風呂《ふろ》も改造《かいぞう》して、夜間電力を使った電気温水器を入れることになりました。このようにして、台所から風呂場《ふろば》にかけて水回りの大幅《おおはば》なリフォーム工事がされました。2本あったかまどの煙突《えんとつ》が取り払《はら》われて、台所に天井が張《は》られました。さらに、外壁《がいへき》を取り払《はら》って大きな窓《まど》がつけられ明るくなって、太陽の光が差し込《こ》んできました。さらに流し台もシステムキッチンが取りつけられ、台所は新しい文化住宅《じゅうたく》のようになりました。

リフォーム工事のときに玄関《げんかん》の広い土間の天井は張《は》られませんでした。純二が、

「おじいさん、玄関《げんかん》の土間はどうして天井を張《は》らなかったの?」、
と聞くと、

「大きな松材の梁《はり》を何段《なんだん》も組み上げた建物《たてもの》のがっちりした構造《こうぞう》が見えるといいと思ってだよ」

と考えを説明してくれました。

「台所の天井を張《は》ったので暖《あたた》かくなったし、おばあさんの希望で土間の台所とダイニングキッチンとの間にガラス戸をつけて広い台所を使いやすくした」

と続けました。

「妻《つま》側にある大きな煙抜《けむりぬ》きを残したのは、何の理由ですか？」

と尋《たず》ねると、

「建物《たてもの》は風通しを良くしておくと、木造住宅《もくぞうじゅうたく》は長持ちするのだよ。日本は湿度《しつど》が高いからね」

と説明してくれました。しゃがんで床下《ゆかした》を見ると、土台の下に床下換気口《ゆかしたかんきこう》がいくつもあって、外の光が差し込《こ》んでいます。換気口《かんきこう》には動物が入ってこないように鉄格子《てつごうし》がつけられています。

「床下換気口《ゆかしたかんきこう》から風が入ってきて、屋根裏《うら》を通って煙抜《けむりぬ》きに抜《ぬ》けるように作ってあるのだよ」

と続けて教えてくれました。煙抜《けむりぬ》きから、スズメバチやクマバチも入ってきます。夏の夜にはカブトムシの雌《めす》やコガネムシが入ってきます。虫を追ってスズメやツバメが飛んでくることもしばしばです。

「アオダイショウはネズミや害虫を捕《と》って食べてくれるのでね。煙抜《けむりぬ》きの穴《あな》からアオダイショウは自由に出入りしていると思うよ」

と話しました。この家ではアオダイショウを大切にしていました。大切にといっても、何もするわけではなく、見かけてもほっておくだけです。人が寝起《ねお》きする畳《たたみ》の敷《し》いてある部屋にはアオダイショウは入ってこられません。

マムシ事件《じけん》

その頃《ころ》、毒《どく》ヘビのマムシに咬《か》まれる事件《じけん》が時々あって、おばあさんがその被害《ひがい》の様子を聞いてきました。

「近所の康子おばあさんが、夜にマムシに咬《か》まれたと」

「えーっ？　それでどうなった？」

「家の近くのよく分かっている道なので懐中電灯《かいちゅうでんとう》をつけずに、闇夜《やみよ》の道を見当で歩いていて、マムシを踏《ふ》んでしまったらしい。咬《か》まれた足は丸太のように腫《は》れてきたそうです。翌朝、病院で血清注射《けっせいちゅうしゃ》をしてもらって、命は助かったそうですよ。なかなか腫《は》れが引かないで、家事ができないらしいです」

と話しました。おじいさんは、

「夜中に外に出るときは、面倒《めんどう》でも靴《くつ》を履《は》いていかないとね。暗がりが危険《きけん》だよ、明かりを持って出ないとね」

と応《こた》えました。また、

「前に同じ町内の敏子さんもマムシに手を咬《か》まれたと聞きましたよ。農作業小屋の中で片付けようとして、稲《いな》わらをつかもうと手を入れたとたん、稲《いな》わらの下にいたマムシにガブッと咬《か》まれたそうですよ。手袋《ぶくろ》をしていなかったので、深く咬《か》まれていたらしいですよ」

「そうか、わら小屋も気をつけないといけんね」

とおじいさんが応《こた》えました。

「直ぐに病院に行って検査《けんさ》して、その結果なぜか血清を打たなかったそうですよ。そのためか、なかなか手の傷《きず》が治らないし、腫《は》れも引かなかったそうですよ」

と聞いてきたことを話しました。おじいさんは、

「私《わたし》もその話を聞いた。1か月以上も病院に入院していたそうだよ」

と話しました。このような怖《こわ》い事件《じけん》があったので、純二たち子どもはマムシに気をつけるようにと、

「草むらに入るときは必ず長ズボンと長靴《ながぐつ》を履《は》いていきなさい」

と厳《きび》しく言われていました。この地域《ちいき》では、マムシを見つけて殺《ころ》したときには、

「ここにマムシが出ました。気をつけて下さい」

とマムシの危険《きけん》を知らせるため、その場所にマムシを竹さおに刺《さ》して見えるように立てておくことになっていました。他のヘビは人の気配がすると逃《に》げます。しかし、マムシは逃《に》げないで人に向かってきます。近づくと攻撃《こうげき》してくるので恐《おそ》ろしいのです。マムシ毒《どく》は強いので直ぐに処置《しょち》をしないと命が危《あぶ》ないのです。

「マムシの毒《どく》はタンパク質だそうだ。なるべく早く病院へ行って抗血清《こうけっせい》を注射《ちゅうしゃ》してもらうと、毒《どく》のあるタンパク質と結合して毒《どく》を消してくれるので助かるのだよ」

とおじいさんは説明しました。純二は、

「毒《どく》ヘビのハブやコブラやガラガラヘビはこのあたりにはいないよね。同じような毒《どく》なの？」

と尋《たず》ねると、

「ヘビの毒《どく》はどれも独特《どくとく》のタンパク質だそうだ」

と説明しました。

「家の周りの藪《やぶ》や草むらにいるヤマカガシに咬《か》まれて亡《な》くなった人がいるらしいよ」

と注意しました。

「それじゃ、ヤマカガシも毒《どく》ヘビなの？」

と尋《たず》ねると、

「よく分からないけどね。マムシの毒牙《どくが》は前歯なので、咬《か》まれると同時に毒《どく》を注入されるから怖《こわ》いのだよ」

「それで、ヤマカガシはどうなの？」

と尋《たず》ねると、

「ヤマカガシは前歯には毒牙《どくが》はないらしいが、奥《おく》に毒牙《どくが》があるかもしれない。相当に虐《いじ》められて、逃《に》げ場を失ったヤマカガシが反撃《はんげき》して噛《か》みついたときは、奥《おく》の毒牙《どくが》に当たるので大変危険《きけん》だということらしいよ」

「それじゃ、やっぱりヤマカガシも怖《こわ》いね」

「ヤマカガシは決して襲《おそ》ってはこない。人を見るとスルスルっと逃《に》げていくからかまわないようにした方がいいよ」

「分かった」

と純二は応《こた》えました。

家守《やもり》のヘビ

マムシの特徴《とくちょう》は、短くて太めの胴体《どうたい》を持っていることと、背《せ》中に銭型《ぜにがた》の紋《もん》があることです。それに、毒《どく》の袋《ふくろ》が頭の両側にあるので、頭が横に張《は》った三角形の形をしていることも特徴《とくちょう》です。マムシは人の気配のする家の中には入ってきません。一方、アオダイショウの若い頃《ころ》にはマムシの紋《もん》とよく似た丸い模様《もよう》があるので、突然《とつぜん》出会うとびっくりすることがしばしばです。これは擬態《ぎたい》といって、怖《こわ》いマムシに似せることによって幼《おさな》いときのヘビの身を他の動物に襲《おそ》われないように守っているといわれています。そんなことを知らないときに、家の土間でヘビに出会った純二は、鎌《かま》で殺《ころ》そうと、腕《うで》を振《ふ》り上げました。そのとき、おばあさんに、

「ダメ！　家でヘビを殺《ころ》しちゃダメだよ。アオダイショウはこの家の家守《やもり》なのだよ」

と大きな声で叱《しか》られました。

「だってこのヘビは、背《せ》中に銭型《ぜにがた》の紋《もん》が並《なら》んでいるよ。マムシじゃないの？」

と言うと、

「アオダイショウの子どもだよ」

と教えてくれました。その後に、おばあさんが、

「あんまり人には言われんけどな、この家には大きなヘビが棲《す》み着いているよ。私《わたし》が嫁《よめ》に来たときに、姑《しゅうとめ》さんからヘビが出ても驚《おどろ》かないように、何も悪いことはしないからなと言われたよ」

と教えてくれました。純二は長さが2メートル以上あって、太さも巻《ま》き寿司《ずし》ほどもあるアオダイ

ショウを土間で一度見かけたことがありました。そのとき、身がすくんで足も動かせず、声も出せませんでした。大きなアオダイショウはあっと思う間に暗がりに隠《かく》れて見えなくなりました。あのヘビのことだなと純二は思い出したのです。

島根県東部では荒神信仰《こうじんしんこう》が続いています。集落ごとに荒神《こうじん》様が祀《まつ》られていて、お祭りには稲《いな》わらで大蛇《だいじゃ》を作って神様がおられるという木（神木）に巻《ま》きつけてお祈《いの》りをします。人知を超《こ》えた災難《さいなん》をもたらす怖《こわ》い神様の荒神《こうじん》様に仕える大蛇《だいじゃ》をお供えするのです。スサノオノミコトがヤマタノオロチを退治した故事に因《ちな》んで、大蛇《だいじゃ》を供えて怖《こわ》い荒神《こうじん》様にお祈《いの》りする祭りだという説もあります。毎年、田んぼの稲刈《いねか》りが済《す》んで、雪が降《ふ》り始める頃《ころ》、集落の男たちが集まって10メートル以上もの長さのある大きな太いヘビをいくつも作る神事を見ていたので、純二は家のアオダイショウの大蛇《だいじゃ》が神様の使いのように思われてきたのでした。

農家は秋に収穫《しゅうかく》した稲《いな》もみを玄米《げんまい》にして農協に出荷するまで、ネズミに食べられたら大変です。ネズミにオシッコをかけられると、臭《にお》いがつくので困《こま》ります。また、来年のための種もみを保存《ほぞん》しなければなりません。さらに1年分の自家用の米を玄米《げんまい》にして米倉に保管しています。現在《げんざい》のような薬剤《やくざい》はありませんし、堅固《けんこ》な保管庫もありませんでした。稲作《いなさく》農家にとってネズミは大敵《たいてき》です。いつもネズミに狙《ねら》われないように注意しなければなりません。家の周りは、猫《ねこ》がいつもパトロールしていて、ネズミを捕《と》ってくれます。しかし、猫《ねこ》は屋根裏《うら》には上がってこられません。また、猫《ねこ》は狭《せま》い穴《あな》は通ることができません。そこで、アオダイショウが屋根裏《うら》や床下《ゆかした》や土間のネズミや害虫を食べてくれていたのです。アオダイショウは暖《あたた》かい間だけしか活動しません。冬は、どこかで冬眠《とうみん》をしています。また、ネズミを一度丸のみにして食べると、お腹《なか》で消化してしまうまでしばらく食べないそうです。従《したが》って、アオダイショウだけでは十分な守りとはいえません。それでも今では考えられないことに、純二のおじいさんとおばあさんの家では野生動物のアオダイショウの力も借りて生活していたのです。

ヘビの伝説

おじいさんはよく本を読んでいました。小説、紀行書《きこうしょ》、美術書《びじゅつしょ》など、本箱にはいろいろな分野の本が並《なら》んでいましたが、自然科学、中でも生き物についての本が好きでした。シートンの動物記やファーブルの昆虫記《こんちゅうき》も全巻並《ぜんかんなら》んでいました。分からないことがあると何でも直ぐに調べるようにしていました。「日本で初めての百科事典の出版《しゅっぱん》」と宣伝された平凡社《へいぼんしゃ》の『世界大百科事典』が購入《こうにゅう》募集されると、直ぐに予約しました。毎月1冊ずつ配本される計画ですので、全30巻《かん》が揃《そろ》うのは1年以上もかかりました。専用の本箱も送られてきたときには、おじいさんは、

「これで何でも分かるよ。子どもたちも分からないことがあったらこの百科事典を使って調べなさいよ」

と大喜《よろこ》びでした。純二ら孫たちもよく本を買ってもらいました。純二は山川惣治著《ちょ》の絵物語『少年ケニヤ』が大好きでした。新聞の連載《れんさい》は読んでいないので、単行本が出版《しゅっぱん》されると毎号を買ってもらうのが楽しみでした。日本人少年ワタル、原始マサイ族酋長《しゅうちょう》ゼガ、イギリス人美少女ケイトの

登場人物と大蛇《だいじゃ》ダーナと巨象《きょぞう》ナンターの活躍《かつやく》で、次々に起こる苦難《くなん》を乗り越《こ》えていく冒険《ぼうけん》物語に引き込《こ》まれていました。特に、ワタルの絶体絶命《ぜったいぜつめい》の危機《きき》に登場して大活躍《だいかつやく》して救出する大蛇《だいじゃ》ダーナに魅《ひ》かれていました。純二が、

「ヘビは何か不思議な力を持っていると思うよ」

とつぶやくと、おじいさんが、

「そうだね。七福神の一つで女神の弁財天《べんざいてん》さんはヘビを使いにしているよ。金運や健康運のご利益《りやく》があるといわれている弁財天《べんざいてん》さんの神社には、どこでもとぐろを巻《ま》いたヘビが供えられているよ」

と教えてくれたので

「神様の使いのヘビは何をするの？　大昔からヘビは神秘《しんぴ》的な生き物と考えられていたのだね」

と尋《たず》ねますと

「古代から、西洋ではヘビは神聖な生き物だと考えられてきたのだよ。ギリシャ神話に出てくる医《い》術《じゅつ》の神のアスクレピオスはヘビがからまった杖《つえ》を持っている」

と話しました。

「なぜ、医術《いじゅつ》の神がヘビを持っているの？」

「よく分からないけどね。医術《いじゅつ》の神アスクレピオスは死んだ人でも生き返らせたと伝えられているから、ギリシャ中から病気の人々が集まってきたらしい。ヘビが神秘《しんぴ》的な動物と考えられてきたことと重なって信仰《しんこう》の対象《たいしょう》になったのではないかね。ギリシャの町エピダウロスにはアスクレピオスの神殿遺跡《しんでんいせき》が残されているらしいよ」

「だけどどうやって死んだ人を生き返らせたのかな？」

「ヘビ毒《どく》には血液《けつえき》が固《かた》まるのを妨《さまた》げる作用を持つものがあるらしい。脳血栓《のうけっせん》や心筋梗塞《しんきんこうそく》のように血管が詰《つ》まる病気で死にかけている病人を、毒《どく》ヘビに少しだけ咬《か》ませたら、症状《しょうじょう》を和らげるかもしれない」

「そうか。アスクレピオスのヘビは毒《どく》ヘビかもしれないね。国連の旗の中に、ヘビの巻《ま》きついた杖《つえ》があるけど、あれは何ですか？」

と純二は尋《たず》ねました。

「あれは世界保健機関《せかいほけんきかん》（ＷＨＯ）の旗だ。医術《いじゅつ》の神アスクレピオスのヘビがからまった杖《つえ》の図柄《ずがら》だよ。日本でも、救急車や医療《いりょう》機関のシンボルにたくさん使われているよ」

「やっぱり、ヘビは世界中で神秘《しんぴ》な生き物と考えられてきたということだね」

と純二はヘビと人間との関わりを考えていました。

赤い舌《した》をチョロチョロと出して、くねくねと動くヘビは気持ちがいいものではありません。しかし、おじいさんやおばあさんから家守《やもり》のアオダイショウのことを聞いていて、家に棲《す》んでいるアオダイショウを見たことのあった純二は、アオダイショウを仲間のように何か親近感を持っていたことに気がついたのでした。

キジバト

ハトが来た

純二ら兄弟3人は、田舎《いなか》のおじいさんとおばあさんの住む家にしばらくの間預《あず》けられていました。兄の一郎は中学生、純二は小学校の5年生、弟の宏は小学校3年生のときです。伝書バトをたくさん飼《か》っている近所の英一さんが
「伝書バトの小屋に、キジバトが迷《まよ》い込《こ》んできました。家で飼《か》おうとも思いましたが、こちらで飼《か》われるなら持ってきてあげますよ」

と言ってきました。おじいさんは生き物が大好きで、

「キジバトは飼《か》ったことがないので、一度飼《か》ってみるかな」

と応《おう》じました。英一さんが、

「この家には、大きな鳥かごを持っておられました。まだ置いておられますか?」

と尋《たず》ねますので、おじいさんは、

「確か、前の蔵《くら》に吊《つ》り下げてあると思うよ」

と言って探《さが》しに立ち上がりました。そして、金網《かなあみ》が少し錆《さ》びている高さが80センチメートル近くもあるドーム型《がた》の大きな鳥かごを出してきました。キジバトは大きいので、小鳥用の鳥かごは使えないのです。英一さんは、大きな鳥かごを自転車に乗せて家に帰り、その鳥かごにキジバトを1羽入れて持ってきました。

「キジバトだ。おばあさん、ハトが来たよ。うちで飼《か》おうや」

と言うと、おばあさんは台所から出てきて、

「誰《だれ》が世話をするのですか?」

と言いながら、キジバトを見ていました。そして、

「子どもたちが世話をするかもしれん」

と言ってうなずきました。それ以来、キジバトは縁側《えんがわ》で過ごすことになりました。

次の日曜日に、おじいさんが、

「このハトはキジの雌《めす》の羽根の色に似ているので、キジバトと呼《よ》ばれているそうだ」

と名前の由来を説明しました。

「キジバトは家の裏《うら》の林でよく見るよ。いつも2羽で一緒《いっしょ》にいる」

と純二が言うと、

「キジバトはつがいでいることが多い。ハトの仲間では、神社の境内《けいだい》にたくさんいるドバトは、集団でいるので性質《せいしつ》が違《ちが》うのだよ」

「おじいさん、キジの雄《おす》は大きくて、羽根の色がきれいだけど、キジバトは雄《おす》と雌《めす》は色も大きさもあまり違《ちが》わないね」。

「そうだね。このキジバトは雄《おす》か雌《めす》かどっちかな。キジの雄《おす》は〝ケーン、ケーン〟と鳴いて雌《めす》を呼《よ》ぶし、キジバトの雄《おす》は、〝デッデー、ポッポー〟と鳴くよ」

「それじゃ、このキジバトは朝早く鳴くから、雄《おす》だ。雌《めす》もいるといいのに、1羽では寂《さび》しいよね」

「だけど、2羽飼《か》うとなると、この鳥かごでは狭《せま》い。もっと大きな鳥かごがいるから、家では無理

だね。1羽をちゃんと世話しなさいよ」
おじいさんの説明に純二は納得《なっとく》しました。

水浴び

キジバトの世話は大変です。エサと水を欠かさないようにすることは、純二たちの役目と決められました。キジバトのエサ入れにはくず米をいつも入れておきました。また、緑色の柔《やわ》らかい草を水が入った筒《つつ》に挿《さ》しておいて、緑の葉がしおれると取り替《か》えました。キジバトが草を食べていたかどうかは分かりません。細かい砂《すな》を入れた容器も下に置きました。できるだけ自然に近いようにしていたのです。鳥かごの下が外せるようになっていて、新聞紙を毎日取り替《か》えていました。よく糞《ふん》をするので汚《よご》れるのです。天気のいい日に、鳥かごを庭に出して、古い洗面器《せんめんき》に水を張《は》って鳥かごの下に置いたこともありました。しばらくして人影《ひとかげ》が見えなくなると、止まり木から下りてきて、水浴びを始めました。〝バシャ、バシャ、バシャ〟とあたり一面に水が飛び散ります。庭ですので水が飛んでも何の問題もありません。水浴びの後は、止まり木で羽根を繕《つくろ》っていました。

冬になっても、キジバトは昼間には縁側《えんがわ》で過ごします。足はしゃがんでいるので、羽毛で隠《かく》れます。クチバシが寒いので、首を曲げて羽根の中にクチバシを入れて休んでいます。夜は、縁側《えんがわ》は寒いのでキジバトは部屋の中に入れて、古い毛布の覆《おお》いをかけてもらっていました。休日には、純二たちはこたつに入って、本を読んだり漫画《まんが》を読んだりして過ごしていました。雪が降《ふ》るような寒い日が続くとき、キジバトを子ども部屋に連れて来て、こたつのそばに置いていました。人がそばにいるとバタバタと落ち着かなかったキジバトも馴《な》れて、きょとんとした様子で子どもたちを見ていました。時折、止まり木から下りてきて、水を飲んだり、くず米を食べたりしています。こたつにあたりながらキジバトをよく見ると、なかなかきれいでかわいい鳥です。目の周りがオレンジ色で、羽根の縁《ふち》が茶色で縁《ふち》取られて美しいのです。首には縞模様《しまもよう》が見えます。目立たない色調は、天敵《てんてき》の鷹などに見つかりにくいためかもしれません。

エサは自家製

おじいさんとおばあさんは、島根県で農業をしていましたので、家畜《かちく》のエサ用の「くず米」や「くず豆」がたくさんあります。キジバトのエサを買う必要はありませんでした。1950年代の農村では、ほとんどの生活物資は自給自足をしていました。秋に収穫《しゅうかく》した稲は脱穀《だっこく》、もみすり、精米をしてお米になります。もみすりをして玄米《げんまい》とする段階《だんかい》で、青米、小米、割《わ》れた米などの径《けい》の小さい〝くず米〟が分離《ぶんり》されます。〝くず米〟は出荷できないので、家畜《かちく》のエサに使います。また、各種の豆類でも十分成熟《せいじゅく》していない豆、虫に少しかじられた豆など食用には適《てき》さないものは、家畜《かちく》のエサになります。

自家用の野菜、豆類、イモ類などを畑で作るのはもっぱらおばあさんの仕事でした。自分の畑で採《と》れた作物でこしらえた食物が一番美味しいといつも言っていました。特に大豆をたくさん栽培《さいばい》していました。それは寒くなりかける頃《ころ》に、収穫《しゅうかく》した大豆で1年分の味噌《みそ》を作るためです。麹《こうじ》を注文しておくと指定した期日に届《とど》きます。蒸《ふ》かしたお米に麹《こうじ》を混ぜて木製《せい》の箱の室蓋《むろぶた》に広げて、室《むろ》に置きますと、麹菌《こうじきん》が広がって真っ白の麹《こうじ》が出来上がります。これに合わせて、セイロを積んで大豆を蒸《む》します。蒸《む》し上がった豆を臼《うす》に移して、杵《きね》で少し豆の粒《つぶ》が残る程度につきます。杵《きね》でついた大豆の中に麹《こうじ》と塩を混ぜて、樽《たる》に入れて寝《ね》かせるとゆっくり発酵《はっこう》して味噌《みそ》になるのです。たっぷり麹《こうじ》を使った味噌《みそ》は美味しいのです。麹《こうじ》を作ったときは、必ず甘酒《あまざけ》が作られました。麹《こうじ》をおかゆに入れて、こたつの中で保温すると1晩《ばん》で、デンプンが分解《ぶんかい》されて甘《あま》くなります。

「おじいさん、甘酒《あまざけ》ができましたよ」

とおばあさんが、米粒《こめつぶ》が見えるドロドロの液体を茶碗《ちゃわん》に入れて出しました。おじいさんは、美味しそうに飲んでいます。純二も、

「ああ、美味しい」

と一気に飲みました。本当は、あまり甘《あま》すぎて苦手でした。お砂糖が貴重な頃《ころ》で、甘《あま》い物が喜《よろこ》ばれたのです。

「甘酒《あまざけ》は子どもが飲んでもいいの?」

と尋《たず》ねますと、おばあさんが、

「麹菌《こうじきん》はアルコールを作らないから子どもも飲めるのだよ。これに、酵母菌《こうぼきん》を入れれば、お酒ができるよ。〝どぶろく〟といって、戦争中はお酒が買えないのでこっそり作っている家があったよ」

と話してくれました。

おばあさんは、小豆《あずき》もたくさん作っていました。おじいさんは甘《あま》いあんこが大好きでした。秋のお祭りに、

「おじいさん、新しい小豆《あずき》のおはぎができましたよ」

「それはごちそうだ。萩《はぎ》の花が咲く頃《ころ》だから、おはぎというのだよ」

と説明してくれました。おじいさんは続けて、

「春はね、ボタンが咲く頃《ころ》だからぼたもちというのだよ。家では、ぼたもちはもち米で作るし、おはぎは、普通《ふつう》のお米で作ることにしているよ」

「同じかと思ったけど、区別してあるのだね。どちらも美味しいね」

と純二は応《こた》えました。その他に、黒大豆、そら豆、えんどう豆、うずら豆などの豆類は乾燥《かんそう》して保管して1年中食べます。

「おばあさん、豆を少し下さい」

とお願いして、大豆やえんどう豆を貰《もら》って、エサ箱に入れると、左目で見て、右目でも見て、サッと下りてきて食べました。小さな口をいっぱいに開けて、目を〝パチクリ〟とさせながら一気に豆を飲み込《こ》みました。その様子がとてもかわいいので、時々、食用の豆をやって、食べる様子を見ていたのです。キジバトは豆が好きで、米と混ぜておいても、豆だけを探《さが》して先に食べてしまいます。そら豆はさすがに口より大きいので飲み込《こ》めませんが、黒大豆は好んで食べていました。

また、さつま芋《いも》、里芋《さといも》、長芋《ながいも》、じゃがいもなどのいも類も、調理した残りを刻《きざ》んでお皿に入れておくとキジバトは食べてくれました。農家ではいも類も大切な保存《ほぞん》食です。さつま芋《いも》は寒さに弱い

ので、1年中10℃を下らない穴倉《あなぐら》に保存《ほぞん》して春まで食べます。裏山《うらやま》に奥行きが10メートルほどの横穴《あな》が掘《ほ》ってあったのです。これは第二次世界大戦のときの防空壕《ぼうくうごう》で、出口が2つあって、一方が崩《くず》れて塞《ふさ》がっても、もう一方の出口から脱出《だっしゅつ》できるように造《つく》られていました。里芋《さといも》は畑に深い穴《あな》を掘《ほ》って保存《ほぞん》します。動物が掘《ほ》れないほどの深さの穴《あな》でした。長芋《ながいも》は乾燥《かんそう》しないように庭の隅《すみ》の砂《すな》の中に埋《う》めておきます。じゃがいもは光に当たって有毒《ゆうどく》の緑色のソラニンができないように、暗い蔵《くら》の保管庫に入れます。このように多様な食料を作るのは、ほとんどおばあさんの仕事でした。さらに、炊事《すいじ》、洗濯《せんたく》、掃除《そうじ》の家事に加えて、3人の孫の弁当を毎日作って持たせていました。

竹鉄砲《たけでっぽう》

春になって暖《あたた》かくなると子どもたちは外で遊びます。子どもの頃《ころ》の遊びで、竹鉄砲《たけでっぽう》というのがありました。リュウノヒゲの青い実を鉄砲《てっぽう》の弾《たま》として飛ばすのです。リュウノヒゲの実の大きさの穴《あな》の篠竹《しのだけ》を切ってきます。さらにもう1本、竹の穴に入る大きさの径《けい》の小さい篠竹《しのだけ》を用意します。小さい方の篠竹《しのだけ》に握《にぎ》り用にきっちり入る篠竹《しのだけ》をつけます。小さい方の竹の長さを大きい方の竹の長さより少し短く作ります。竹の穴《あな》にリュウノヒゲの実を詰《つ》めて、小さい竹で押《お》し込《こ》みますと、先端《せんたん》に実がセットされます。次にもう一つ実を竹筒《たけづつ》に込《こ》めて小さい竹で押《お》し込《こ》みますと、圧縮《あっしゅく》された空気の力で、先端《せんたん》に込《こ》めておいた実が勢《いきお》い良く飛び出す仕掛《か》けです。リュウノヒゲの実がつぶれて、少ししかない果肉が潤滑剤《じゅんかつざい》になって、リュウノヒゲの種が鉄砲《てっぽう》の弾《たま》になるのです。ちょうどいい大きさのリュウノヒゲの実を集めるのが大切です。実が大きすぎると篠竹《しのだけ》の筒《つつ》が割《わ》れてしまいます。小さすぎると空気が漏《も》れて圧縮《あっしゅく》できませんので、勢《いきお》い良く飛ばせません。

あるとき、純二が自分で作った竹鉄砲《たけでっぽう》を使って庭で遊んでいると、かごの中でキジバトが騒《さわ》ぎ出しました。初め純二は、キジバトがなぜ騒《さわ》ぐのかよく分かりませんでした。キジバトは、弾《たま》が飛び出すのが嫌《いや》なようなのです。

「大丈夫《だいじょうぶ》、鳥かごを狙《ねら》っていないから」

と純二が言うのですが、キジバトに通じないので、騒《さわ》ぎが収まりません。

「おばあさん、キジバトが突然騒《とつぜんさわ》ぎ出して驚《おどろ》いた」

「何があったって？」

「竹鉄砲《たけでっぽう》の弾《たま》を打ったら、突然騒《とつぜんさわ》ぎ出した」

「それは大変だったね。〃ハトが豆鉄砲《まめでっぽう》を食らったような〃の例えがあるけど、大騒《さわ》ぎだったね」

「おばあさん、それって何のこと？」

「突然《とつぜん》の予期せぬことに驚《おどろ》いて、ハトが目を丸くしてきょとんとしている様子を、〃ハトが豆鉄砲《まめでっぽう》を食らったような〃というのだよ」

「きょとんとしているどころか、大騒《さわ》ぎだった」

「初めはキジバトには何が起こったか分からないから、きょとんとしていたと思うよ」

「そうだったかもしれない。キジバトはかごの中の生活に慣《な》れて、外の様子には無関心になっていたのに。飛ぶ弾《たま》には本能《ほんのう》的に危険《きけん》を察知するのだね」

キジバトに竹鉄砲《たけでっぽう》が見えないように急いで片付けますと、ようやく騒《さわ》ぎが収まったのです。狭《せま》い鳥かごの中で飛び回って、羽根を何度もかごにぶつけてもキジバトはケガをしていませんでした。

夜は早めに布をかけて、暗くして眠《ねむ》らせるのも子どもの役割です。早朝になると暗くしておいても、キジバトは、

「デッデー、ポッポー。デッデー、ポッポー」

と繰《く》り返し鳴くのでした。静かな中で、仲間を呼《よ》んでいたのかもしれません。純二は布団《ふとん》の中で、キジバトの鳴き声を聴《き》きながら、朝が来たと気づいていたのです。純二が小学校を卒業して、大阪の中学に進学するまでお世話をしていました。大阪へ出発した後、世話をする子どもたちがいなくなったので、おばあさんはキジバトを山に帰してやりました。

空飛ぶニワトリ

養鶏《ようけい》

純二の家には、いつも5羽から10羽のニワトリが飼《か》われていました。農家では卵《たまご》は大切な栄養源です。ニワトリを飼《か》うのは子どもの役割で、大根の葉や白菜の外側の葉など、台所に野菜が残されているので、それらを使ってエサを作ります。野菜がないとき、純二は家の周りの野原から柔《やわ》らかい野草を1束ほど取ってこなければなりません。キンポウゲとか毒《どく》がある草は採《と》りません。野菜や野草を包丁で刻《きざ》んで、ニワトリが食べやすいように小間切れにして、「ふすま粉（麦の皮の部分の粉）」をお椀《わん》に1杯かけて混ぜ合わせます。ふすま粉がないときは、米ぬかを使います。ふすま粉や米ぬかなどの穀物《こくもつ》エサはカロリーが高過《す》ぎるので、新鮮《しんせん》な野菜や野草を混ぜて食べさせると、元気で卵《たまご》をたくさん産んでくれるのです。その上、卵《たまご》の黄身の色が濃《こ》くなるのです。それに、おばあさんが

「魚のアラがエサ用鍋《なべ》に入れてあるよ」

といつも何かタンパク質を多く含《ふく》むエサを用意してくれています。ニワトリはアラが大好きで、きれいに骨《ほね》だけを残して食べつくします。美味しい卵《たまご》を産んでくれるようにと、魚がないときは野菜や野草に魚粉を混ぜてやります。食欲旺盛《おうせい》なニワトリは、瞬《また》く間にエサを食べつくします。時々、赤貝の殻《から》を金づちでたたいて割《わ》って粉々にしてエサに混ぜて与えました。卵《たまご》の殻《から》に必要なカルシウムを補《おぎな》うためです。水は唐津焼《からつやき》の大きな鉢《はち》に入れて置きます。重たいのでニワトリが乗ってもひっくり返る心配はありません。水の量が少なくなると掃除《そうじ》をして新しい水を汲《く》んできて入れました。

「ニワトリの水にボウフラが湧《わ》いとったよ」

とおばあさんに注意されることもありました。天気のいい日に、小屋から出してあげると喜《よろこ》んで走り回っています。外で運動させると卵《たまご》の数が多いのです。

「今日もたくさん卵《たまご》があった。鉛筆《えんぴつ》で日付を書いておくよ」

純二は卵《たまご》を採《と》りに行くのが楽しみでした。

イタチ

何度かイタチにニワトリを襲《おそ》われたことがありました。金網《かなあみ》の錆《さ》びてほつれた部分を破《やぶ》って侵入《しんにゅう》されたのです。おじいさんは、

「夜中にニワトリ小屋が騒《さわ》がしいので、急いで行ってみたら、既《すで》に2羽も殺《ころ》されていたよ。全滅《ぜんめつ》しないで良かった。首に傷《きず》があるだけで、血は流れていない。血を吸《す》い取られてしまうのだ」

と残念がりました。純二がニワトリ小屋に行ったときには、もう片付けられていました。数の減《へ》ったニワトリを見て、純二が、

「かわいそうなことをしたね」

と言うと、おじいさんは、

「襲《おそ》われたときにニワトリが少しでも逃《に》げられるように、1・5メートルの高さのところに止まり木を作ってやろう」

と計画を話しました。

それから後にも小屋のカギをかけ忘《わす》れて、1羽さらわれたこともありました。これは純二の大失敗でした。

「ちゃんとカギをかけとかないと」

とおじいさんに怒《おこ》られました。

「1羽の被害《ひがい》で助かった。これはイタチじゃないな。ニワトリを持って逃《に》げるのはどんな動物かな」

ニワトリは弱いので野生動物のエサになると話してくれました。ニワトリ小屋には、アワビの殻《から》が紐をつけて2つもぶら下げられていました。イタチは光る物があると恐《おそ》れて寄《よ》ってこないといわれていたのです。今なら、LEDのライトが使えるでしょうが、当時はアワビの貝殻《かいがら》の内側が真珠《しんじゅ》のように光るので使われていたのです。しかし、イタチの被害《ひがい》に遭《あ》ったので、効果《こうか》はあまりなかったようです。近所の家のニワトリ小屋では、イタチにニワトリを全部殺《ころ》された事件《じけん》があったので、イタチに狙《ねら》われないようにといつも注意されていました。

ヒナの成長

歳《とし》を取って弱ってきたニワトリは卵《たまご》を産まなくなるので、お祭りのときなどのご馳走《ちそう》になります。純二はニワトリをかわいがっていましたので、ニワトリを食料にするのは気が進みませんでした。しかし、お肉を食べる機会の少ない農家では、当然のことでした。ニワトリを料理するのは、決まって使用人の時一さんの仕事でした。学校に行っている間に、ニワトリは処理されていましたので、純二は見ていません。その晩《ばん》は、鶏肉《とりにく》がたっぷり入ったお鍋《なべ》でした。砂肝《すなぎも》や卵《たまご》になりかけの卵《たまご》など、食べられる部分は全部鍋《なべ》に入っていました。

ニワトリの数が少なくなってきますと、春には5羽ヒナを買ってきて、ヒナ用の鶏《とり》かごで飼育《しいく》しました。これも純二たちの役目でした。手のひらに乗るほどの小さな黄色のヒナもよくエサを食べますので、みるみる大きくなって白い羽根が生えて若鳥になります。小屋の掃除《そうじ》をするときは、若いニワトリを外に出して遊ばせます。ニワトリは庭を走り回っています。掃除《そうじ》が済《す》んでエサを見せますと、飛ぶように鶏《とり》かごに帰ってきます。

しばらくすると若いニワトリも親鳥と変わらない大きさに成長してきました。ヒナ用の鶏《とり》かごがだんだん狭《せま》く感じるようになってきましたので、なるべく外で遊ばせるようにしました。初めは活発に土を突《つ》っ突《つ》いたり、走ったりしています。何日がすると若いニワトリが飛び上がれるようになりました。庭には大きな夏みかんの木がありました。夏みかんの木は屋根の高さほどもあり、横に伸《の》びている枝《えだ》は5メートル以上の高さです。あまり気にしていなかったのですが、ニワトリがパタパタと羽根を動かして軽々とこの高い枝《えだ》に飛んで止まっているのです。

「おじいさん、ニワトリも鳥だね。羽根を使うことを思い出したみたいだ。高い枝《えだ》に止まっていたよ」

と純二はおじいさんに報告《ほうこく》しました。

「へー。夏みかんの木の枝《えだ》まで飛んだって、それじゃ、あの高さだとイタチも届《とど》かないね」

とおじいさんはうなずきました。

放し飼《が》い

夏前には、ヒナ用の鶏《とり》かごはやめて広いニワトリ小屋に移します。前からいるニワトリと一緒《いっしょ》になるので、虐《いじ》められてエサを食べさせてもらえません。若いニワトリもエサを食べられるように、エサ箱を増《ふ》やして与えました。それと同時に、ニワトリ小屋の戸を開けておきました。エサを食べ終わると、1羽、2羽と外に出て歩き回っています。若いニワトリは高い枝《えだ》に飛び上がります。前からいるニワトリも若いニワトリに刺激《しげき》されて、羽根をばたつかせて飛ぶ格好《かっこう》をするようになりました。そうこうしているうちに、全部のニワトリが高い枝《えだ》まで飛ぶようになりました。晩《ばん》のエサのときは、純二がエサの入ったバケツを持っていると、

「コッコッコー」

と騒《さわ》ぎながら、ニワトリ小屋に戻《もど》ってエサ箱に集まってきます。エサを食べているうちに戸を閉《し》めてカギをかけておきました。夜は今まで通り、ニワトリ小屋の中で寝《ね》させていたのです。

夏の終わりになると若いニワトリも小さい卵《たまご》を産むようになりました。毎日たくさんの卵《たまご》が取れるようになって、新しい卵《たまご》を毎朝、卵《たまご》かけご飯にして食べていました。純二も上手に卵《たまご》を割《わ》って温かいご飯にかけることができるようになりました。学校に持っていくお弁当には必ず、おばあさんが作った梅干《うめぼ》しと玉子焼きが入れてありました。外で放し飼《が》いにすると困《こま》ったことがありました。ニワトリ小屋ですと、卵《たまご》は簡単《かんたん》に集めることができます。しかし放し飼《が》いですと、卵《たまご》はあちこちで産むのです。夜はニワトリ小屋で卵《たまご》を産みますが、昼間は小屋に戻《もど》って産むことはあまりないので

す。そこで、稲《いな》わらを固《かた》めて巣《す》のようにしてその中に陶磁器製《とうじきせい》の偽卵《ぎらん》を置いておきます。このような巣《す》を3か所作りました。材木小屋の中に2か所、焚《た》き木小屋の中に1か所です。毎日、卵《たまご》を集めますので、足りないときはどこか他の場所で産んでいるに違《ちが》いありません。あちこち回って探《さが》すのも子どもの役目でした。別の場所で見つかった卵《たまご》は日付を書いて、一緒《いっしょ》にしないで、別の箱に入れておきました。一度、卵《たまご》が腐《くさ》っていたことがあったからです。外で採《と》れた卵《たまご》は割《わ》るとき、注意して一つずつお椀《わん》に入れます。悪くなった卵《たまご》があってもそれを捨《す》てれば被害《ひがい》が少なくて済《す》みます。

巣《す》ごもり

ある日の夕方、純二がエサを用意して持っていくと、ニワトリが1羽足りません。

「おばあさん、ニワトリが1羽いないよ」

と急いで帰って言いました。

「おじいさん、ニワトリが見えないって。私《わたし》は今手が離《はな》せませんよ」

「純二、どうした？」

とおじいさんがやって来ました。

「いつもはエサを入れると直ぐに皆《みんな》集まってくるのに。1羽来ないんだよ」

「そうか、分かった。どこかこのあたりにいるに違《ちが》いないから、私《わたし》は材木小屋を探《さが》してみる。純二は焚《た》き木小屋を見てきなさい」

と言って材木が積んであるところを上っていきました。純二が、焚《た》き木が積まれた山を上っていくと、ニワトリが1羽うずくまっているのを見つけました。

「おじいさん、ニワトリがいた。焚《た》き木を積んだ山と壁《かべ》の間で見えにくいところだった」

「それは良かった」

と言ってやって来て、

「純二、卵《たまご》があるから、取ってきなさい」

と言いながらそっとニワトリを抱《かか》えて下りてきました。

「卵《たまご》が6個《こ》もあった。持てないから、手籠《てかご》を取ってくるから」

と言って卵《たまご》を集める手籠《てかご》を持って来ました。

「ニワトリは卵《たまご》がたくさんになると、本能《ほんのう》的に温め始めるのだよ。1日に卵《たまご》を1個《こ》しか産まないから、最短で6日間、卵《たまご》が貯《た》まっていたんだね」

「あそこは、卵探《たまごさが》しに回って見なかった。この次から、回ってみるよ」

「卵《たまご》の数が足りないときだけでいいからね」

「おじいさん、うちには雌鶏《めんどり》だけで雄鶏《おんどり》はいないから、卵《たまご》を温めてもヒナは産まれないのにね」

「ニワトリはそんなことは分からないらしいよ。雌鶏《めんどり》の本能《ほんのう》だからね」

「ねえ、おじいさん、うちでも雄鶏《おんどり》を飼《か》ってみない？　ヒヨコが産まれると楽しいよ」

「楽しそうだけどね。雄鶏《おんどり》は朝暗いうちから〝コケコッコー〟と大きな声で鳴くのでやかましいし、エサをたくさん食べるし、卵《たまご》を産まないし、ニワトリ小屋に入ると攻撃《こうげき》してくるし、うちでは雄鶏《おんどり》は飼《か》わないことにしたのだよ」

「そうか、分かった。お世話をするのも大変だしね」

と純二は納得《なっとく》しました。

高い枝《えだ》のニワトリ

純二が、夕方ニワトリを小屋に入れることをうっかりして忘《わす》れたときがありました。朝、ニワトリのエサをこしらえて、純二がニワトリ小屋に行ってびっくりしたのです。ニワトリが1羽も見当たりません。純二はもう、真っ青になって立ちすくみました。

「全部、やられたか」

と思った瞬間《しゅんかん》、

「カッカッカー」、
とニワトリが甲《かん》高い声を上げて舞《ま》い降《お》りてきたのです。

「そうか、夕べはニワトリ小屋に入れてあげなかったから、ずっと木の上にいたか」

と純二はホッとして、ニワトリが1羽、1羽と次々夏みかんの木の枝《えだ》から飛び降《お》りて、集まってくるのを見ていました。家に帰って、

「おじいさん、昨日ニワトリを小屋に戻《もど》すのを忘《わす》れて寝《ね》てしまったみたいだったよ」

と言いますと、びっくりしたおじいさんが、

「えー、それでどうなった？」

と乗り出してきました。

「それがね、ニワトリは全部高い枝《えだ》に止まって夜を明かしたみたい。大丈夫《だいじょうぶ》だったよ。これで本当の庭の鳥になった」

と言いました。

「それは良かった。自分で高いところへ飛べるから、イタチは怖《こわ》くないね」

とおじいさんは、ホッとした表情《ひょうじょう》でにっこりしました。

それ以来、純二たちが世話をしているニワトリは、天気のいい日は1日中、夜も庭に放し飼《が》いにすることになりました。自由に庭を歩き回り、土を突《つ》っ突《つ》いてミミズを探《さが》して遊んでいます。物音がすると一斉《いっせい》に飛び上がって羽ばたいて高い枝《えだ》に上りました。飛ぶ力がますます強くなってきたのです。純二のおじいさんの家は周りを塀《へい》で囲《かこ》まれています。高い枝《えだ》まで飛べる力があれば、簡単《かんたん》に塀《へい》を飛んで越《こ》えることができます。高い枝《えだ》の上からは塀《へい》の外の川土手や柿《かき》の木や畑が見えるはずです。しかし、ニワトリが塀《へい》の外に出ることは一度もありませんでした。昼寝《ひるね》も木の上です。時々、羽根を伸《の》ばして、高い枝《えだ》から遠くまで滑空《かっくう》して気持ち良さそうに遊んでいました。

文鳥のチロ

世田谷の森

純二は中学1年のときに、大阪府豊中《とよなか》市から東京都世田谷区の中学校へ転校してきました。中学校の校区は武蔵野《むさしの》台地から続く高台の瀬田《せた》と坂を下った二子玉川の平地が含《ふく》まれています。初めての東京でしたので、純二は不安でいっぱいです。右も左も分からない純二を気の毒《どく》に思ったのか、同級生の中村君がよく遊んでくれました。放課後、親切に周辺を連れて歩いてくれたのです。純二がカラスやフクロウなどの鳥の話をよくするので、

「鳥が好きなら、野鳥がたくさんいる場所に連れて行ってあげるよ」

と言って二子玉川から近くの森に案内してくれて、

「大きな樹《き》がいっぱいあるでしょう」

と得意《とくい》になって、急な坂を上っていきました。

その森の中に当時は国立国会図書館支部《しぶ》図書館という看板《かんばん》がかかっている建物《たてもの》がありました。旧財閥《ざいばつ》の総帥《そうすい》であった方とその息子さんが蒐集《しゅうしゅう》した東洋の文物を収蔵展示《しゅうぞうてんじ》するために建設《けんせつ》された建物《たてもの》で、当時は財閥《ざいばつ》家も資金難《しきんなん》で国に管理を委託《いたく》していたのです。周りの住宅地《じゅうたくち》とは別世界で、うっそうとした森が広がっていて、様々な鳥たちが飛び回っていました。その中でもオナガが印象《いんしょう》的でした。関西では見かけない鳥で、大きくてきれいな姿《すがた》に反して、

「ギャー、ギャー」

という大きな鳴き声に驚《おどろ》きました。また、飼育《しいく》されていたインコが逃《に》げ出して繁殖《はんしょく》したと思われ

る集団も飛んでいました。それ以来、何度か純二はこの場所に来ていました。森の道を散歩《さんぽ》していると生き返ったような気分になるのでした。

ペットショップ

中学校では毎学期に中間試験と期末試験の定期試験が実施《じっし》されます。試験前には寝《ね》る時間も惜《お》しんで勉強するので、試験が終わった日には、気分転換《てんかん》するために映画館《えいが》に行くことにしていました。何を観たいというわけではなく、手っ取り早く映画《えいが》を見に行っていたのです。洋画がほとんどで、当時人気が高かった西部劇《せいぶげき》をよく観ました。映画《えいが》を観た帰り、ペットショップの前に「〝手乗り文鳥〟あります」と書かれた張《は》り紙が目に入りました。ペットショップに入ってみると、文鳥は見当たりません。店員さんに、

「〝手乗り文鳥〟と張《は》り紙がしてありましたが、どこにいますか？」

と尋《たず》ねました。店員さんは、

「はい、はい、ここですよ」

と言って箱の蓋《ふた》を開けました。中には、まだ毛の生えていない小さなヒナ鳥が5羽動き回っていました。純二は、

「このヒナ鳥を飼《か》うと、〝手乗り文鳥〟になるのですか？」

と尋《たず》ねますと、店員は

「そうですよ。エサを貰《もら》った人を鳥は親と思って懐《なつ》くのです。世話をしていると直ぐに大きく育ちますよ」

という説明を聞いて、純二はようやく分かりました。直ぐに買える値段《ねだん》でしたが、一度父と母に相談してからでもいいかと考えて、その日は帰りました。夕食のときに父と母に、

「駅前のペットショップに、文鳥のヒナがいて、飼《か》っていると〝手乗り文鳥〟になるらしいよ。飼《か》ってもいいですか?」

と尋《たず》ねました。父は、

「お前が世話をするなら、飼《か》ってもいいよ」

と簡単《かんたん》に許《ゆる》してくれました。そこで、次の日に学校から帰ると、早速ペットショップに行って、白文鳥のヒナとエサを買って、飼《か》い方を聞いてきました。

羽根切《はねきり》

水に漬《つ》けて少し柔《やわ》らかくした粟《あわ》がエサです。手のひらに乗せたヒナの口元に、竹へらで粟《あわ》を持っていくと大きく口を開けますので、粟《あわ》を口の中に入れてあげると直ぐに飲み込《こ》みます。まだ毛が生えかけですので、首の付け根の胃袋《いぶくろ》に粟粒《あわつぶ》がたまっているのがよく見えます。お腹《なか》がいっぱいになるともうエサは欲しがりません。手のひらの中でじっとしているヒナに驚《おどろ》きました。白文鳥は体温が高く、手がとても温かいのです。純二はこれだけ人を信頼《しんらい》している動物を飼《か》ったことがありませ

んでした。学校に行っている間のエサやりは母に手伝ってもらいました。白文鳥に名前をつけてあげようということになりました。純二が、

「シロはどうですか?」

と言うと、母が、

「シロがなまって、チロがかわいいじゃない」

と提案《ていあん》しました。

皆《みんな》が賛成《さんせい》して、チロという名前で決まりました。

チロはエサをよく食べますので、みるみる羽根が生えてきて、大きくなりました。鳥かごの中でもう自分でエサを食べられます。かごの戸を開けてやると、手から、肩《かた》へ、本棚《ほんだな》へと部屋中を飛び回るようになりました。鳥かごには野菜も挿《さ》しておきました。エサは粟《あわ》に少しだけケシの実を入れておくと喜《よろこ》びました。エサ入れの中を引っかき回して、こげ茶色の細長い形をしたケシの実をまず探《さが》して食べます。ペットショップの店員さんが、

「文鳥はケシの実が好きだけと、食べさせ過《す》ぎると病気になるからね」

と注意してくれていたのです。また、店員さんが、

「かわいそうだけどね。羽根が伸《の》びたら、切ってあげて下さいよ」

と羽根の写真を見せながら切り方を教えてくれました。

「羽根を切らないでいると、不注意で窓《まど》を開けているとどこかへ飛んで行ってしまいますよ。羽根はまた伸《の》びて、半年後には元通りになっています」

と言うのです。純二は翼《つばさ》を広げて、主だった羽根をはさみで切ってあげました。切るといっても、全体ではなく、中心の筋《すじ》は残して、薄《うす》い部分を切るのです。風を切ることができないので、羽根を切ると十分に飛べません。でも部屋の中では飛んで回れるので、机《つくえ》に下りたり本箱に乗ったりしています。肩《かた》に止まってから横歩きして、耳を突《つ》っ突《つ》いて、

「遊ぼうよ」

と言っていることもしばしばです。そういうときは手のひらに乗せてやると落ち着いてじっとしていました。大好きなケシの実を1つ2つ手でつまむと喜《よろこ》んで食べていました。

お見舞い

田舎《いなか》のおじいさんが病気になって、入院して手術《しゅじゅつ》を受けました。そのとき、母はお見舞《みま》いに帰っていました。1か月くらいして、おじいさんは退院して家で寝《ね》ているという連絡《れんらく》が来ました。そこで、家族皆《みんな》でお見舞《みま》いに帰ることになりました。その折、世話をする人がいなくなるので、チロも連れて帰ることになりました。田舎《いなか》の家では、おじいさんは体力が回復《かいふく》してきて、布団《ふとん》を片付けて普通《ふつう》の生活に戻《もど》しているところでした。チロは鳥かごに入れたままで持って帰ったので、縁側《えんがわ》に置いておきました。動物好きのおじいさんは、

「小鳥を、持ってきたか」

と喜《よろこ》んでいます。純二が、

「これは〃手乗り文鳥〃だよ」

と言って、鳥かごからチロを出して遊ばせました。おじいさんの肩《かた》にも止まりました。

「手を出すと、乗ってくるよ」

と言うと、おじいさんは、

「えーっ？　そうかい」

と言って手を上げると、直ぐにチロはおじいさんの手に乗って、キョロキョロしています。初めての経験《けいけん》だったので、おじいさんは、

「こんなに人に馴《な》れた鳥は見たことがないよ」

と大変喜《よろこ》びました。チロをとても気に入った様子です。障子《しょうじ》を閉《し》めて、ずーっとチロと遊んでいることもありました。

「これは気に入った」

とご機嫌《きげん》です。おじいさんは病気のお見舞《みま》いに小鳥を持ってきたと思ったようでした。とっさに母は、

「おじいさんに気に入ってもらって良かった」

と返事をしました。純二たちはチロをまた連れて帰るつもりでしたが、話の成り行きで、田舎《いなか》に置いていくことになりました。

チロの伴侶《はんりょ》

田舎《いなか》から帰ってしばらくして、おばあさんから電話がきて、

「おじいさんは〝手乗り文鳥〟が来てから、毎日お世話をして前より元気になったよ」

と喜《よろこ》んでいたのです。そこで、純二は、また白文鳥のヒナを買って育て始めました。名前は前と同じ、チロです。以前の経験《けいけん》があったので、今度は比較的簡単《かんたん》に育てることができました。ある日、母が見つけて言いました。

「チロが卵《たまご》を産んだよ」

「チロは雌《めす》だったのだ」

と父が言いました。そんなある日、父が、

「チロが雌《めす》だと分かったから、雄《おす》の文鳥を買ってきてあげたよ」

と父は得意《とくい》そうに言いました。母は、びっくりして、

「えー、いくらしたのですか」

と尋《たず》ねました。父は、

「この白文鳥は元気そうだから買ってきた。特別大きいのでちょっと高かったよ」

と応《こた》えるのを聞いて、母は、

「いつもそうなんだから、ちょっと相談して下さればいいのに」

と当惑《とうわく》したように言いました。父は買ってきた白文鳥を箱から取り出して、鳥かごに入れました。

チロよりひと回り大きな白文鳥でした。クチバシも大きく、輝《かがや》くような赤でチロと比《くら》べると際《きわ》立っています。

突然《とつぜん》だったので、子どもたちは驚《おどろ》きました。もっと驚《おどろ》いたのは、チロでした。新しい侵入者《しんにゅうしゃ》に怯《おび》えるように、鳥かごの中をバタバタと逃《に》げ回っていました。

消えた刷り込み

ところが、次の日にはチロは新しく来た雄《おす》の文鳥に寄《よ》り添《そ》うように、鳥かごの止まり木に並《なら》んでいました。もっとびっくりしたことに、純二が鳥かごに手を入れ、

「チロ、おいで。ここにチロおいで」

と何度言っても止まり木を横につたって逃《に》げていきます。今までなら外で遊んでもらえることを知っているので、喜《よろこ》んで手に乗ってきました。雄《おす》の文鳥は何ごとかと狭《せま》い鳥かごの中を飛び回っています。あまりの騒《さわ》ぎに、純二は諦《あきら》めました。しばらくしてから、それでもと思ってチロを捕《つか》まえて鳥かごの外に出してみました。いつも手から肩《かた》に止まっていましたのに、全く寄《よ》ってきません。手を出しているのに、チロが、

「あんた誰《だれ》、知らないよ」

と言っているように、よそ見をしています。そして本棚《ほんだな》と反対側の違《ちが》い棚《たな》の上を行ったり来たり、せわしく飛んでいるのです。あれだけ、懐《なつ》いて遊んでいたのに、全く興味《きょうみ》もない仕草《しぐさ》です。純二は

もう諦《あきら》めて、チロが大好きなケシの実をエサ入れに入れてやると、さっさと鳥かごに戻《もど》ってエサを食べていました。それを聞いた母は、

「つがいにすると〝刷り込《こ》み〟が消えてしまうと聞いたことがあるわよ」

と思い出したように言いました。刷り込《こ》み現象《げんしょう》というのは、動物の仔《こ》が物心ついた頃《ころ》の飼《か》い主を親と思うことです。チロは純二を親と思って懐《なつ》いていたのです。しかし、つがいになると文鳥本来の本能《ほんのう》が行動を支配《しはい》するようになるのです。鳥かごの入口を開けておいても、チロは出てきません。以前なら直ぐに出てきて、嬉《うれ》しそうに飛び回っていたのに、チロの大変身には家族皆驚《みんなおどろ》きました。

「あんなにかわいがってやっていたのにね」

と純二は失恋《しつれん》したような気分で言いました。それから毎日鳥かごの中で、いつも仲良く2羽で遊んでいました。純二は雄《おす》の文鳥に少しジェラシーを感じながら、

「文鳥だもの、仕方がないね」

と思い直していました。

チロが卵《たまご》を産んで、ヒナを育てる様子を期待していました。しかし、冬が来て寒さが厳《きび》しくなった頃《ころ》、雄《おす》の白文鳥が、突然《とつぜん》死んでしまいました。前の日までは、元気だったのに朝、冷たくなって横たわっていたのです。ペットショップで雄《おす》の白文鳥を買うときに、産まれた年を聞いていなかったので分からなかったのですが、寿命《じゅみょう》だったかもしれません。相手がいなくなって、チロはまた寂《さび》しくなりました。しかし、以前のように手乗りではありません。手を持っていっても、乗ってきません。鳥かごから出してやると肩《かた》に止まって嬉《うれ》しそうにしていましたのに、寄《よ》ってもきません。

「雄《おす》は死んじゃったんだよ。もういないよ」

と話しかけてみたが、

「知らない。もう忘《わす》れたわよ」

と言っているように、振《ふ》り向きもしないチロに寂《さび》しい思いをしたのでした。

ある日、鳥かごの掃除《そうじ》をするために、チロを出していました。いつもは閉《し》めている縁側《えんがわ》のガラス戸が少し開いていたのです。チロがその開いたところから、サーッと飛んで出てしまいました。庭の松の木の枝《えだ》をかすめて、直ぐに見えなくなってしまったのです。チロは、エサを自分で捕《と》ったことはありません。粟《あわ》の実とケシの実しか食べたことがありません。水場がどこにあるかも知りません。世田谷の森にいた野生化したインコの群れのような、小鳥の集団に仲間入りできればいいのですが、野生化した文鳥の集団は聞いたことがありません。お腹《なか》が減《へ》ってどこかの家の窓《まど》に止まったら、入れてもらえるかもしれません。もしかしたら近くの電線や、樹木《じゅもく》に止まっているかもしれないと考えて、家の近くを方々歩いて回りましたが、白文鳥の姿《すがた》は見当たりませんでした。手乗りでなくなってから、羽根を切るのを忘《わす》れていたのが失敗で悔《く》やまれました。ガラス戸が閉《し》まっているのをいつも確認《かくにん》していたのに、その日に限《かぎ》って確認《かくにん》を忘《わす》れていたのが残念でたまりません。純二の失敗ですので誰《だれ》にも文句を言うことができない状況《じょうきょう》で落ち込《こ》んでいました。空になった鳥かごを見ていると悔《くや》しくて涙《なみだ》が出て辛《つら》くなるので、鳥かごを洗《あら》って物置の奥に片付けて見えなくしました。

しかし、受験勉強で目が疲《つか》れたときや、参考書を読んで覚えるための集中力がなくなったときに、チロを手に乗せて気分転換《てんかん》をしていたことをふと思い出していました。その折に何か「ピチュ、ピチュ」とさえずりながら、懐《ふところ》まで潜《もぐ》り込《こ》んできて、そこでじっとして暖《だん》を取っているのを感じて、ホッと和んだことを懐《なつ》かしく思って気を取り直していたのです。

野生のウズラ

相模野《さがみの》

初夏の気持ちのいい天気の昼休みに、芝生《しばふ》のグランド横に広がっている雑木林《ぞうきばやし》から、ハトよりも少し大きい丸型《まるがた》の褐色《かっしょく》の鳥が歩いて出てきたかと思うと、パタパタと飛び上がって、隣《となり》の松林の方に飛んでいくのが見られました。山田純二はその鳥を、春から同じ場所で何度も見ていました。

「あの鳥は何という鳥ですか？　このあたりでよく見かけますけど」

と一緒《いっしょ》にいた事務《じむ》の斎藤さんに尋《たず》ねますと、

「あれは、ウズラですよ」

と教えてくれました。斎藤さんは、相模原《さがみはら》で生まれ育った方でこの地域《ちいき》のことに詳《くわ》しいのです。

「ウズラの卵《たまご》のウズラですか？」

とまた尋《たず》ねますと、

「そうですよ。あのウズラですよ」

と笑って言いました。純二は卵《たまご》を採《と》るためのニワトリの白色レグホンやチャボのように鳥小屋の中を走り回っているウズラの姿《すがた》を考えていたのです。

「この雑木林《ぞうきばやし》に野生のウズラがいるのですか？」

と尋《たず》ねますと、

「昔は相模原《さがみはら》の森にはウズラがたくさんいましたよ」

「野生のウズラは想像《そうぞう》したこともなかったです」

「季節が変わるとどこかへ飛んでいって、また帰ってくるのですよ」

「そうですか。ウズラは飛ぶのですか？」

「野生の鳥ですからね。ウズラはよく飛ぶのですよ」

と斎藤さんは教えてくれました。

「ギョッ、ギョーッ、ギョッ、ギョーッ、ギョッ、ギョッ、ギョッ」

「ほら、あの鳴き声はウズラの雄《おす》の声ですよ」

「あの大きな鳴き声はウズラですか。どんな鳥かと思いながら、いつも聞いていました」

純二は、ウズラといえば美術館《びじゅつかん》で見た『ウズラ図』という題の日本画の名品を思い出していました。また、家のお正月に出される徳利《とっくり》に描《えが》かれたウズラが思い出されて、急にウズラが身近に感じられたのです。

ヒナの行列

純二が働いていたのは、相模原《さがみはら》市にあった財団《ざいだん》法人の研究所です。研究所は広大な敷地《しきち》の中に建てられています。正門から建物《たてもの》まで真っ直ぐ１００メートルほどの距離《きょり》があって、両側は高い樹木《じゅもく》と低い刈《か》り込《こ》んだ庭木が並《なら》んでいます。建物《たてもの》左側には芝生《しばふ》広場が広がっていて野外パーティーができます。建物《たてもの》の近くのモミの木にはリスが動き回っていました。左手奥《おく》には所員のためのサッカーグランドと野球グランドの運動施設《しせつ》が整備《せいび》されていました。また、このグランドを使って、ゴルフができるように整備《せいび》されていました。3つのグリーンと3つのティーグランドを、打つ位置とグリーンを変えて3回回《まわ》ると、距離《きょり》の違《ちが》う9ホールのハーフのコースとなるのです。最も長いホールは280ヤードもありましたから、普通《ふつう》のプレーヤーはドライバーで打つことができました。ティーグランドからフェアウェイまでは両側に枝《えだ》を張《は》った背《せ》の高い樹木《じゅもく》が並《なら》んでいて、スライスやフックの曲がる打球は枝《えだ》に当たります。飛ぶ方向が間違《ちが》ったボールは危《あぶ》ないのでフェアウェイの外部には届《とど》かない設計《せっけい》なのです。また、ゴルフボールの飛球は危《あぶ》ないので、他の人がコースやグランド周囲《しゅうい》には入らないように周知した休日にだけ、概《おおむ》ね月に1回ゴルフプレーができるように決められていたのです。

研究所の自然環境《かんきょう》も日本離《ばな》れしていまして、建物《たてもの》群の裏《うら》には相模野《さがみの》の雑木林《ぞうきばやし》が広がっていました。突然《とつぜん》ウズラよりもはるかに大きいヤマドリが、目の前の藪《やぶ》からバタバタと大きな音を立てて飛び上がるのに驚《おどろ》かされることもよくありました。また、芝生《しばふ》のグランドには、秋から冬にかけて大群のムクドリが来ていまして、

「ギャー、ギャー」

とうるさいほど騒《さわ》いでいました。クチバシと足が黄色のかわいいムクドリは芝生《しばふ》に広がって地面を突《つ》っ突《つ》いています。小さな虫を探《さが》しているのか、あるいは芝《しば》の穂《ほ》を食べているのか分かりません。夜になるとムクドリの大群はどこかのねぐらに戻《もど》っていくので、グランドは静かになります。

研究所の入口から左手に進むと独身寮《どくしんりょう》で、途中《とちゅう》に赤いアンツーカーのテニスコートが2面ありま

す。日曜日の午後、純二が独身寮《どくしんりょう》の仲間とテニスでひと汗かいて、休憩《きゅうけい》していたときのことです。テニスコートの横の雑木林《ぞうきばやし》から褐色《かっしょく》の鳥が急ぎ足で出てきました。純二は、

「野生のウズラだ」

と叫《さけ》びました。先日見ていたので直ぐに分かりました。次の瞬間《しゅんかん》、草の中から小さいヒナが5羽、1列に並《なら》んでチョコチョコ、チョコチョコと走って出てきたのです。

「アッ、ウズラのヒナもいる」

と叫《さけ》んで見つめていると、1列のまま雑木林《ぞうきばやし》の茂《しげ》みの中へ懸命《けんめい》に走って姿《すがた》を消しました。テニスの仲間に、

「あの鳥をよく見かけるでしょう。ウズラだそうですよ」

と説明すると、

「えー、びっくりしたね。研究所の雑木林《ぞうきばやし》の中で、ウズラが子育てしているのですか？」

と、とても驚《おどろ》いた様子です。

「よく出会うと思ったら、ウズラが巣作りしていたのですよ」

と純二が応《こた》えると、

「東京の近くで、こういう野鳥に出会えるのは素晴《すば》らしいね」

「もう難《むずか》しいかもしれませんが、野生動物にやさしい自然環境《かんきょう》を残しておいてほしいですね」

と話していました。

ヒナの成長

研究所の敷地《しきち》の直ぐ隣《となり》に、車1台がやっと通れる狭《せま》い道路を挟《はさ》んで、有名ゴルフクラブの36ホールのコースがあります。ほぼ平坦なコースは2グリーンを備《そな》えている距離《きょり》の長い設計《せっけい》です。どのホールも高い樹木《じゅもく》に囲《かこ》まれていて美しい景観です。純二が住んでいた独身寮《どくしんりょう》から、2番グリーンを取り囲《かこ》む赤松の間に、グリーン上でパッティングをしているのが見える距離《きょり》だったのです。米国のプロ選手が参加した大会が開かれているとき、ロングパットが入るとギャラリーの歓声が聞こえたこともありました。テニスコートの横でウズラの親子を見てから10日ほど後の昼休みに、純二はゴルフのアプローチの練習をしていました。直ぐ隣《となり》に名門コースのグリーンを取り囲《かこ》む赤松が見える格好《かっこう》の練習場で、気分良く練習しているときです。グリーン奥をウズラが走りました。その後に続いてヒナが1列になって草の中を走ったのです。先日に出会ったウズラの一家かなと思っているうちに、グリーンをぐるっと回って雑木林《ぞうきばやし》の茂《しげ》みの中へ消えていました。前と比《くら》べるとウズラのヒナがかなり成長して、走りっぷりがしっかりして素早くなってきたように感じました。

「うちの子どもたちはこんなに成長しましたよ」

と見せに来ているようにも思われたのです。ウズラが消えていった道は、背《せ》の高いナラやクヌギの木の下に茨《いばら》や小木のブッシュと夏草が生い茂《しげ》っていて、長い年月人の手がかかっていない原生林のようです。小さな木と草の間は通り道を知っていないと簡単《かんたん》には行けそうにありません。一緒《いっしょ》にウズラの親子を見ていた事務《じむ》の斎藤さんに、

「ウズラは地面に巣を作るそうですね。ウズラのヒナは他の動物に狙《ねら》われませんか？」

と尋《たず》ねると、

「雑木林《ぞうきばやし》にはイタチやキツネはいないと思うよ」

という返事でした。

「雑木林《ぞうきばやし》には水場はないし、親ウズラはヒナを育てるのは大変ですね」

と純二がつぶやくと、

「雑木林《ぞうきばやし》は研究所の周りだけになってしまって、最近はウズラもめっきり少なくなったのですよ」

斎藤さんと純二はアプローチの練習をするのを忘《わす》れて、野鳥の話をしていました。

「先日は、大きなヤマドリが足下から飛び立ってびっくりしましたよ」

「そのヤマドリは雄《おす》でしたか？　雌《めす》でしたか？」

「いきなり目の前の雑木林《ぞうきばやし》から飛び立つので、羽根の色や細かい模様《もよう》は分かりませんが、長い尾羽がありました」

「それは雄《おす》のヤマドリのようです。雄《おす》は見事な羽根をしていますよ」

「突然《とつぜん》飛び立ったので、色までは分かりませんでした」

「羽根の色が地味な色の雌《めす》もいますよ」

「それじゃ、研究所の雑木林《ぞうきばやし》にヤマドリの巣もあるということですね」

「奥深い山地に棲《す》んでいるヤマドリの好む環境《かんきょう》が、相模原《さがみはら》の研究所の敷地《しきち》の森に残っていたことは驚《おどろ》きです」

「この研究所は広い敷地《しきち》を用意することで、自然の残る静かな環境《かんきょう》の中で研究開発に専念できるよう配慮《はいりょ》がされているのですよ」

研究所の建設《けんせつ》当初から関わっていた斎藤さんが説明してくれました。

「素晴《すば》らしい環境《かんきょう》です。何とかいい自然を残しておいてほしいですね」

と言うと斎藤さんも同じ意見でした。

研究所の建物《たてもの》と周囲《しゅうい》の雑木林《ぞうきばやし》は鉄網《てつもう》のフェンスで囲《かこ》まれていますが、野生動物はフェンスでは防《ふせ》げません。時々、野犬が研究所の敷地《しきち》に迷《まよ》い込《こ》んできていたのも心配でした。おそらく、雑木林《ぞうきばやし》の中を速足で逃《に》げることができるウズラはヒナが飛べるようになるまで、走る訓練をしていたのでしょう。皆《みんな》で無事にウズラのヒナたちが育ってくれることを願っていました。

イノシシのゴン

イノシシの糞《ふん》

あるとき、家の前の花壇《かだん》の脇《わき》に動物の大きな糞《ふん》が置かれていました。異臭《いしゅう》がしますし、目立つ場所ですので、直ぐにスコップで穴《あな》を掘《ほ》って埋《う》めました。それ以来6年余、時々糞《ふん》が花壇《かだん》の付近にあったのです。山田純二は朝起きて門の扉《とびら》を開けると花壇《かだん》を確認《かくにん》して、糞《ふん》を見つけると片付けるのが習慣《しゅうかん》になっていました。タヌキの「ため糞《ふん》」という話を聞いたことがあります。タヌキは同じ場所に糞《ふん》をする習性があるのです。糞《ふん》がたくさん固《かた》めてあるあたりには巣《す》があるので、罠《わな》をかけておくとタヌキがかかって捕《と》れるというのです。純二の家の前の糞《ふん》は、1回の量がとても多いのでタヌキでないと思われます。きっと大きな動物、おそらくイノシシに違《ちが》いないと考えていました。

純二は30歳のときに、神奈川県から島根県に引っ越《こ》してきました。引っ越《こ》して間もなく結婚《けっこん》して、純二と妻《つま》の早苗さんの住まいは純二が子どもの頃《ころ》に育ったおじいさんの家です。既《すで》におじいさんは亡《な》くなっていて、広い屋敷《やしき》におばあさんが1人で住んでいましたので、純二は別棟《べつむね》に住むことにしたのです。

純二は妻《つま》の早苗さんに、

「今日も大うんちを片付けたよ。イチジクの肥《こ》やしになるように埋《う》めておいたよ」

と言うと、

「どんなイノシシでしょうね。どこからやって来るのですかね。あちこち、迷惑《めいわく》をかけているイノシシじゃないの」

「いつも通ってくるので、イノシシのゴンと呼《よ》ぶことにしたよ」

と純二が話すと、早苗さんは、

「見たこともないのにね」

と笑いました。春のある日、

「ゴンはお腹《なか》を壊《こわ》しているみたいだ。タケノコを食べ過《す》ぎたのかな。ドロドロのうんちが広がっていたので、取るのに苦労したよ」

と言っても早苗さんは何も応《こた》えません。イノシシの糞《ふん》には興味《きょうみ》がないのです。

「イチジクは芽が出てきたよ。秋が楽しみだ。今日は、ユズの木のそばに穴《あな》を掘《ほ》って糞《ふん》を捨《す》てたよ。ユズの肥《こ》やしになるからね」

春先、大雪の重みでユズの大きな枝《えだ》が折れてしまいました。

「今年のユズはあまり採《と》れないと思うよ」

早苗さんは、

「ユズは少しあればいいのよ。たくさんあり過《す》ぎて始末に困《こま》ってしまうから」

といつもの会話です。ユズの木もイチジクの木も、純二のおばあさんが植えた木で、かなりの年数が経《た》った老木です。イノシシの糞《ふん》の肥《こ》やしをあげなくても、どの木もしっかり根を張《は》っています。

何でも食べるというイノシシは、リュウノヒゲの実も食べるようなのです。リュウノヒゲの青い実には大きな種と皮しかないのに、皮とわずかの果肉を食べているのです。冬から春にかけて食料がないのか、イノシシの糞《ふん》には種がいっぱい入っていることがあるのです。また、秋深くなると、柿《かき》が熟《じゅく》します。落ちた熟柿《じゅくし》を食べるようなので、柿《かき》の種がどっさり入っていることもありました。ある日、いつものようにイノシシの糞《ふん》をスコップですくい取っていると、近くに小さい糞《ふん》もありました。ひょっとしたらイノシシの子の糞《ふん》かもしれない思いました。周りを探《さが》してみると、大きい足《あし》跡《あと》と小さい足跡《あしあと》がありました。それからは、時々大きな糞《ふん》と小さな糞《ふん》が置いてあったのです。ゴンに子どもが生まれて、親子連れで来るようになったのだと純二は気がつきました。

「雄《おす》の名前をつけたのに、ゴンは雌《めす》だったよ」

純二は家に帰って早苗さんに報告《ほうこく》しました。

「このところ、ゴンが来ないと思っていたら、子どもが生まれていたのね」

「ちょっと他のところで糞《ふん》をしてくれるといいのにね。家の前は困《こま》るよ」

「太陽電池で光るLEDライトがありますよ。置いてみたらどう？」

と早苗さんが提案《ていあん》しました。そこで太陽光で蓄電《ちくでん》して、夕方暗くなってから光る発光器具を5個《こ》買ってきて、イノシシの通り道に挿《さ》しておきました。しばらくはイノシシがやって来た形跡《けいせき》はありませんでした。しかし、1週間くらい後には、またイノシシの大きな糞《ふん》が置かれていたのです。

イノシシは音と臭《にお》いには敏感《びんかん》で、警戒心《けいかいしん》が強いのですが、LEDの光には直ぐに慣《な》れたようなのです。

イノシシと人々の生活

純二の家の前には、谷川が流れています。いつもは1メートルほどの川幅《かわはば》で、長靴《ながぐつ》で歩けるくらいの深さしかありません。しかし、山に雨が降《ふ》ると、一気に水かさが増します。特に、梅雨の終わりには大雨が降《ふ》り、いつもの清流は濁流《だくりゅう》に変わって、川幅《かわはば》いっぱいの水は、土手を越《こ》えて溢《あふ》れそうになります。純二の記憶《きおく》では、子どもの頃《ころ》に1回だけ、台風の洪水《こうずい》で溢《あふ》れたことがありました。家の周りも、田んぼも畑もヘドロで埋《う》まる大被害《ひがい》でした。それ以来、谷川の草土手はこの集落の生命線だということが分かって、梅雨に大雨が降《ふ》る前には住民総出《そうで》で谷川の草刈《か》りや清掃《せいそう》をして水の流れを良くしていました。

「イノシシは毎日、毎日、深夜に谷川の土手を通って家の前にやって来るんだ」

早苗さんはそれを聞くと、

「歩き道が決まっているの？」

と尋《たず》ねました。

「そうなんだ。土手の上の歩き道は草が踏《ふ》み固《かた》められて、一筋《ひとすじ》の道のようになっている。畑や田んぼはあちこち掘《ほ》り返してエサを探《さが》すのに、谷川の土手は一切手をつけたことはないんだ」

「それでは、イノシシは川土手の大切さを知っているみたいだわね」

と、少し感心したように言いました。

純二は少し考えてから、

「なぜか分からないけど、考えて行動しているようだ」

「ゴンは毎日来ているのに、家の前の畑の作物は食べないのよ。人の気配のするものには手を出さないのですよ。賢《かしこ》いイノシシですね」

「昔から山にはイノシシがいたけど、最近のように毎日山から里に出てくることはなかったんだ。あちこちでイノシシの話を聞くようになった」

「私《わたし》もイノシシの話をよく聞きますよ」

「そうか。今日は隣《となり》の徳吉さんに聞いたよ。山の田んぼのドジョウの養殖池《ようしょくいけ》の周りには、稲《いな》わらや枯《か》れ草の下にマムシがウヨウヨいたらしい。それが最近、マムシが全くいなくなったらしいよ」

「マムシに咬《か》まれる心配がなくなって、それは良かったじゃない」

「きっと、イノシシが土の中に冬眠《とうみん》しているマムシを掘《ほ》り起こして、食べてしまったに違《ちが》いないということだよ」

マムシは生臭《なまぐさ》い強烈《きょうれつ》な臭《にお》いがあります。イノシシの嗅覚《きゅうかく》は特別鋭《するど》いので、深いところに潜《もぐ》って冬《とう》眠《みん》しているマムシでも臭《にお》いで探《さが》して掘《ほ》り起こして食べてしまうのに違《ちが》いありません。マムシの毒牙《どくが》でもイノシシの鼻の硬《かた》い皮膚《ひふ》は跳《は》ね返してしまうのでしょう。

「それで、ドジョウ池は大丈夫《だいじょうぶ》なの？」

「それがね、穴《あな》は掘《ほ》っているがドジョウ池の堤防《ていぼう》は壊《こわ》さないのだよ。イノシシは賢《かしこ》いよと徳吉さんが感心していた」

純二の家の裏山《うらやま》に広い孟宗竹《もうそうだけ》の藪《やぶ》があって、春にはタケノコが生えてきます。イノシシは土の中のタケノコの芽《め》を鋭《するど》い嗅覚《きゅうかく》を持つ鼻で探《さが》します。30センチメートルの深さでもタケノコの場所が分かって、掘《ほ》り起こして伸《の》び始めたばかりの柔《やわ》らかいタケノコを食べるのです。土の上に出たタケノコは硬《かた》くなっているので食べません。4月の中頃になると、純二は生え始めたタケノコを探《さが》しに竹《たけ》藪《やぶ》へ行きます。

「今日は、少しタケノコが採《と》れた。イノシシが掘《ほ》った跡《あと》がいっぱいあった」

と純二は竹藪《たけやぶ》を歩き回って疲《つか》れて帰り、妻《つま》の早苗さんに言いました。

「お疲《つか》れ様です。生え始めの美味しいタケノコはイノシシに盗《と》られてしまうのよね」

気温が上がる4月下旬から5月初めにはタケノコが一斉《いっせい》に生えてイノシシは食べきれませんので、純二はたくさんタケノコを掘《ほ》ります。竹藪《たけやぶ》から車まで、重いタケノコを麻袋《あさぶくろ》に入れて斜面《しゃめん》を担《かつ》いで運ぶのが大変です。

「今日は、太いタケノコがたくさん採《と》れた。家で食べるのを分けて、残りはいつものところに配《くば》ってあげよう」

と言うと、早苗さんは

「新鮮《しんせん》なうちがいいですよ」

と言って、ポリ袋《ぶくろ》を持って出てきました。ポリ袋《ぶくろ》に太いタケノコを入れながら、

「困《こま》ったことに、竹が桧《ひのき》の植林地に迫ってきたよ」

と純二は言いました。

「竹の勢《いきお》いは凄《すご》いわね」

純二が先祖《せんぞ》から引き継《つ》いだ山はほとんどが赤松の森でした。その赤松は松くい虫被害《ひがい》で全て枯《か》れてしまったのです。そこで、純二は造林《ぞうりん》業者さんに依頼《いらい》して、毎年3000本平均《へいきん》で桧《ひのき》の苗《なえ》を植林してきました。桧《ひのき》の植林をした山は毎年手入れをしなければなりません。桧《ひのき》の苗《なえ》が草や雑木より大きくなるまで、最低5年間は下草刈《か》りが必要なのです。ところが竹は伸《の》びるのが早く、1年で10メートルもの高さに伸《の》びます。竹が広がると、影《かげ》を作って桧《ひのき》に陽が当たらなくしてしまうので、桧《ひのき》の苗《なえ》の生長が遅《おそ》くなるのです。孟宗竹《もうそうだけ》は繁殖《はんしょく》力が強いので、山にどんどん広がっていきます。長くほっておくと植林した桧《ひのき》の山も竹で覆《おお》われてしまいます。

「イノシシがタケノコを食べて竹の広がるのを防《ふせ》いでくれるといいのにね」

と早苗さんが言いました。

「そうだな。イノシシはタケノコが好きだからね。イノシシにかなり助けられていると思うよ。特に、6月や7月の遅《おそ》くなって生えてくるタケノコは、僕《ぼく》が採《と》り切れないから、イノシシが食べてくれるのがいい」

と応《こた》えました。

また、純二の家の下手には、以前は米を作っていた田んぼ跡《あと》があります。雑草が生えるので、定期的に草刈《か》りをしないといけません。

「下手の草が大分伸《の》びましたね」

「来週くらいには、草刈《か》りをしようかと思っていますよ」

と話し合っていました。その数日後、

「何とイノシシがススキの株を全部掘《ほ》り起こしてくれた。根の下のミミズを食べるのかね。今回はお陰《かげ》で草刈《か》りが随分《ずいぶん》と楽になったよ」

「あれだけ荒地《あれち》は掘《ほ》り起こすのに、ゴンは私《わたし》の畑には入ってこないのよ」

と早苗さんは言いました。

「ゴンは、人間の手の入ったところは掘《ほ》らないね。人間が困《こま》るようなことはしないようにしているようだ。どういうわけなのかゴンは特別なイノシシだね」

と純二は不思議がりました。

純二の家は、周囲《しゅうい》を塀《へい》と建物《たてもの》に囲《かこ》まれています。敷地《しきち》は周囲《しゅうい》より少し高くなっているので、塀《へい》の高さは外の地面から2メートル近くあります。ある日、浄化槽《じょうかそう》の蓋《ふた》の上に、異物《いぶつ》が置かれていました。何だろうと近づいてよく見ると、驚《おどろ》いたことに見慣れているイノシシの大きな糞《ふん》でした。独特《どくとく》の異臭《いしゅう》を放っています。

「これは大変だ、イノシシのゴンが庭まで入ってきた」

と純二は早苗に叫《さけ》びました。

「他に被害《ひがい》はないか。回って調べてみたら」

と早苗さんは返しました。

「敷地《しきち》の中を隈《くま》なく見て回ったが、全く掘《ほ》り起こした跡《あと》はなかったよ。良かった」

「夕べ、門をちゃんと閉《し》めたの？」

と、早苗さんが心配顔で言うと、

「表門も裏門《うらもん》もちゃんと閉《し》まっていた。心張棒《しんばりぼう》もかかっていたよ」

「それは変だね」

と、早苗さんは首をかしげました。

「ゴンは糞《ふん》をして、庭の様子を見て直ぐに外に出たようだ」

と純二も不思議に思いました。

イノシシの跳躍《ちょうやく》力は凄《すご》いものがあって、少々のフェンスなどは簡単《かんたん》に飛び越《こ》えると聞いたことがあります。塀《へい》の中でゴンの糞《ふん》を片付けたのはこれ1回だけでした。

イノシシ槍《やり》

純二は子どもの頃《ころ》のことを思い出して、

「昔ね、近所の柳二《りゅうじ》さんが、〝ヤマクジラが捕《と》れました。少しですけどお分けします〟と言って新聞紙の包みを持ってきたことがあった」

「ヤマクジラ、何のこと？」

「四足獣《しそくじゅう》の食肉が禁止《きんし》されていた頃《ころ》、イノシシ肉のことをヤマクジラの肉といって食べる習慣《しゅうかん》があったのだよ」

「それで、イノシシ肉はどうしたの？」

「その日の晩《ばん》ご飯は牡丹鍋《ぼたんなべ》だった。ところがイノシシの肉は、とても噛《か》めないほど硬《かた》くて、臭《くさ》い肉で、子どもには食べられなかったよ」

「それは残念だったわね」

「柳二《りゅうじ》さんがトラバサミで捕《と》れたイノシシを自分でさばいたものだったらしい。ウサギやタヌキと違《ちが》って、イノシシをさばくのは、別のやり方があるらしかった」

トラバサミは動物愛護のため、現在《げんざい》は規制されている動物捕獲装置《ほかくそうち》です。半円の2つの金具の間に、お皿があって、そこに触《ふ》れるとバネで金具が閉《と》じて挟《はさ》み込《こ》んで捕《と》らえるという仕掛《か》けです。当時は、半円の直径が小さいものは10センチメートル以下のものから、30センチメートルと大きなものまで金物屋で売られていました。トラでも捕《と》れるという意味で名付けられたのでしょう。

純二の家の台所で上を見上げると、鴨居《かもい》にイノシシ槍《やり》がかけられています。鞘《さや》に収まっている30センチメートルほどの鉄製《せい》の槍先《やりさき》に、2メートルほどの木の柄《え》がつけられています。高いところにあるので触《さわ》ったこともありませんし、下ろされたのを見たこともありません。真っ黒に煤《すす》けていて、江戸時代から伝わるものらしいのです。地方の農家が鉄砲《てっぽう》を持つことなどできなかった昔、農民は大きくて太い槍《やり》でイノシシと戦ってきたのです。

「昔はイノシシが出ることは滅多《めった》になかったから、イノシシが出たとなると、男たちが武器を持って皆《みんな》で捕《と》らえようとしたらしい。うちではこの槍《やり》を持っていったということだ」

「この槍《やり》で、走っているイノシシを捕《と》らえられますかね？」

「僕《ぼく》もそう思う。槍《やり》で攻《せ》めて、イノシシに怖《こわ》いと思わせれば、二度と山から出てこないようになるのではないかね」

　と話し合っていました。

大イノシシ捕獲《ほかく》とその後

　ある朝、

「大イノシシが罠《わな》にかかったそうだ。子連れだそうだ」

という叫《さけ》び声が聞こえました。純二は急いで山の竹藪《たけやぶ》の近くのイノシシ檻《おり》の罠《わな》のところに行きました。そこには猟師《りょうし》さんがいて、誇《ほこ》らしそうに、

「大イノシシを鉄槍《やり》で刺《さ》すが、暴《あば》れて全く弱らない。仕方ないから、鉄砲《てっぽう》を持ってきて撃《う》ってやった。早く逝《い》かせてやらないと苦しむだけだからな」

　と話していました。軽トラックの荷台にはシートをかけられた巨大なイノシシと仔《こ》イノシシが横たわっていました。以前、温泉《おんせん》旅館の近くにイノシシ牧場があって、見に行ったことがありました。日本で見るイノシシよりはるかに大きい100キログラム以上もあろうかと思われるイノシシが檻《おり》の中で飼《か》われていました。食肉用に飼育《しいく》されているのですから、しっかりエサを与えて大きく育てているのでしょう。あまりの大きさに恐怖《きょうふ》を覚えた記憶《きおく》があります。あの大きなイノシシに匹敵《ひってき》する大きさでした。純二は、ふと、

「これはゴンかもしれない」

とつぶやきました。血を流して横たわっているイノシシの親子を見ていると、なぜか純二は涙《なみだ》でウルッとくるのをこらえて、そっとそばを離《はな》れました。家に帰ってから妻《つま》の早苗さんに、

「大イノシシと仔《こ》イノシシが罠《わな》にかかった」

と言うと、

「それがどうしたの？」

と早苗さんが尋《たず》ねるので、

「大きなイノシシだったよ。ゴンかもしれない。賢《かしこ》いイノシシだったけど、仔《こ》イノシシがエサの臭《にお》いに釣《つ》られて檻《おり》には入ってしまったのだろう。〝ダメ！〟と仔《こ》イノシシを助けようとして、ゴンも檻《おり》に入ってしまったに違《ちが》いないね」

大イノシシが檻《おり》の罠《わな》で捕《と》らえられてからしばらくした後、純二の家の周りは別のイノシシが現《あらわ》れるようになりました。それからというもの悪いことにイノシシの被害《ひがい》が激《はげ》しくなってきたのです。

秋の気持ちのいい快晴《かいせい》の朝、近所に住む順一さんが叫《さけ》んでいました。

「イノシシに刈《か》る寸前の稲田《いなだ》に入られた。のたうち回ったみたいだ」

イノシシは体につく虫を防《ふせ》ぐため、泥《どろ》浴びが必要なのです。辛《つら》くて転げ回ることを〝のたうち回る〟というのは、イノシシが泥田《どろた》の中で転がり回る（ぬた打ち回る）ことからきているそうです。

「ここの米は出荷できないよ。家に残しても、臭《くさ》くて食べられたものじゃない」

イノシシに入られるとその強烈《きょうれつ》な体臭《たいしゅう》で米が臭《くさ》くなってしまうのです。いくら洗《あら》ってもイノシシ

の臭《にお》いは鼻につくのです。それ以来、順一さんは田んぼの周りに、鉄製《せい》の柵《さく》を張《は》り巡《めぐ》らせました。

また、隣《となり》の勝男さんがやって来て、

「谷あいの田んぼがやられた。イノシシに畔《あぜ》を全部壊《こわ》された」

段々《だんだん》になっている田んぼは畔《あぜ》が命です。少しの穴《あな》があっても、水田の水が流れ出てしまうので、稲作《いなさく》ができません。その畔《あぜ》を全部崩《くず》されてしまったのです。エサのない時期、イノシシは土の中の虫や小動物を食べるので、畔《あぜ》を壊《こわ》してしまうのです。勝男さんは、

「頑張《がんば》ってきたけどな。もう、これで山の田んぼはおしまいだよ。大きな段《だん》のある畔《あぜ》を作り直す元気はないよ。圃場整備《ほじょうせいび》のようにブルドーザーで作り直してもらえたらね」

勝男さんは親の代から、30アールほどの山の田んぼを守ってきたのでした。

純二は、肩《かた》を落とす勝男さんを見て、気の毒《どく》で返す言葉が見つかりませんでした。

早苗さんの畑でも、イノシシの被害《ひがい》が相次ぎました。

「この前は、カボチャを食べられました。今日は、サツマイモを掘《ほ》り起こされました」

と嘆《なげ》いています。純二も、

「最近どこの家の畑でも、めっきりイノシシによる作物の被害《ひがい》が多くなった。皆困《みんなこま》っているよ」

「もう畑を作るのはやめましょうか。野菜はスーパーで買ってくればいいしね」

と早苗さんはイノシシの被害《ひがい》に遭《あ》う度に言いました。

「この次、柵《さく》の材料を買いに行ってみるよ」

と応《こた》えましたが、仕事が忙《いそが》しい純二の柵《さく》はなかなかできません。

「農薬を少ししか使わないので、家の野菜は安心なのですよ」

と早苗さんは、まだ畑で野菜を作っています。

大イノシシと仔《こ》イノシシが罠《わな》にかかって捕《と》らえられて以来、イノシシの糞《ふん》は純二の家の前には、二度とありませんでした。ゴンは来なくなったのです。川土手の上の草が踏《ふ》まれた通り道も、草が伸《の》びて見えなくなってきました。

「やっぱり、檻《おり》の罠《わな》に入ったあの大イノシシはゴンだった」

と純二は確信《かくしん》したのです。

「ゴンは賢《かしこ》いイノシシだったね。人間の気配のする畑の作物には手を出さなかったし、ひどい悪さはしなかったものね」

と早苗さんと純二は話していました。

屋根の上のフクロウ

ケガをしたフクロウ

純二と妻《つま》の早苗さんの住まいは純二が子どもの頃《ころ》に育った田舎《いなか》の家です。30戸余《あま》りの集落は広い平野から山地にかかるあたりにあります。純二の祖父は先祖《せんぞ》から引き継《つ》いだ山林をあちこちに所有していました。山林はそのほとんどが赤松の林です。純二が山に松茸《まつたけ》を採《と》りに行き始めた頃《ころ》は、最盛期《せいき》には30本ほどの収穫《しゅうかく》でした。暗いうちに家を出て、自転車に乗って林道で山に向かいます。林道の終点で自転車を降《お》りて、山道を登ります。小高い山の峰《みね》に到着《とうちゃく》した頃《ころ》、空がうっすらと明るくなります。暗いうちは、松茸《まつたけ》は見えませんので、明るくなる時間に合わせて、家を出ていたのです。朝一番に山に入れば、他の人に松茸《まつたけ》を盗《と》られる心配はありません。松茸《まつたけ》は山の尾根《おね》の近くに生えます。谷の下の方にはあまり生えません。松茸《まつたけ》山に入ると、かすかに松茸《まつたけ》の香りがただよってきます。

「今日もたくさん採《と》れるぞ」

と思うと元気が出ます。松茸《まつたけ》の菌糸《きんし》は円形に広がっていき、その端《はし》に松茸《まつたけ》が生えますので、線状《せんじょう》に並《なら》んで生えてきます。従《したが》って、松茸《まつたけ》は生える場所は毎年おおよそ決まっているので、そのあたりを見て歩けば短時間に採《と》り切れるのです。顔を出した松茸《まつたけ》を採《と》り、落ち葉やコケを押《お》してみて、土の中の松茸《まつたけ》も採《と》ります。押《お》して弾力《だんりょく》のある感触《かんしょく》があると、大抵松茸《たいていまつたけ》が埋《う》まっています。採《と》った跡《あと》は、隣《となり》に小さい松茸《まつたけ》が生え始めていることもあるので、丁寧《ていねい》に埋《う》めておきます。

1990年頃、純二のところの赤松林は松くい虫の被害《ひがい》で少しずつ枯《か》れ始めていました。その結果、赤松の林に生える松茸《まつたけ》の収穫《しゅうかく》量が減《へ》ってきていました。それでも純二は、毎日山に登って松茸《まつたけ》を探《さが》していました。松茸《まつたけ》がよく採《と》れるのは9月下旬から10月初旬です。松茸《まつたけ》シーズンも終わりに近づいて1本も採《と》れない日もありました。

今日は、骨折《ほねお》り損《ぞん》のくたびれ儲《もう》けだったと思いながら山道を下っていると、溝《みぞ》で鳥がバタバタと羽根を動かしています。それはフクロウの幼鳥《ようちょう》でした。よく見ると羽根の付け根をケガしているようです。純二はバタバタするフクロウを捕《つか》まえて、持っていた袋《ふくろ》の中に入れました。松茸《まつたけ》を入れて持ち帰るための袋《ふくろ》が役に立ちました。

家に帰ってから、フクロウのケガに赤チンを塗《ぬ》って、バタバタして傷口《きずぐち》が開かないように、袋《ふくろ》に入れて縛《しば》りました。袋《ふくろ》から首と足が出るようにしておいたのです。ニワトリのヒナを飼《か》う鳥かごの中に入れて、水とエサを置いておきました。怖《こわ》がっているのか水も飲んでくれません。ニワトリのエサは好みに合わないのか食べてくれません。次の日は、水を少し飲ませてやり、ミミズを口のそばに持っていくと、何とか食べてくれました。次の日もエサと水を口に持っていって食べさせました。

フクロウの手当をしてから5日ほど経《た》って、少し落ち着いてきました。大きな真ん丸の目でこちらをじっと見ています。そこで、鳥かごから出して台の上で、羽根を包んでいた袋《ふくろ》を取ってみました。すると何と傷《きず》が治って羽毛で分からなくなっていたのです。ちょっとの間、ゴソゴソ歩いて羽根を動かしていました。するとピョンと飛び上がって、純二の背丈《せたけ》ほどの高さの柿《かき》の枝《えだ》に飛び乗りました。嬉《うれ》しそうに枝《えだ》の上を右に左に動いています。次の瞬間《しゅんかん》には、サーッと屋根に飛び乗っていました。もう純二には手が届《とど》きません。フクロウは振《ふ》り返ることなく、あたりを見回しています。一度には飛べないのか、少しずつ飛んで屋根の一番高いところに上りました。そうこうしているうちに、裏山《うらやま》に向かって飛んでいって見えなくなりました。

赤松と松茸《まつたけ》

純二の住む地域《ちいき》の山の土質《どしつ》は真砂土《まさつち》で、肥料《ひりょう》成分の少ないことが特徴《とくちょう》です。言い換《か》えればやせた土地ですから、赤松の幹《みき》がひと抱《かか》えにも生長するには100年以上の年月がかかっています。生長が遅《おそ》いだけに、木目の詰《つ》まった堅くて美しい木材が採《と》れます。赤松から採《と》った材木は粘《ねば》りがあって、日本建築《けんちく》の梁《はり》や垂木《たるき》などの力のかかる部位には欠かせません。また、赤松は直根《ちょっこん》といって、根を真っ直ぐ地下に伸《の》ばしますので、深く伸《の》びた根が自然災害《さいがい》の山崩《くず》れを防《ふせ》ぎます。杉や桧《ひのき》は根を横に伸《の》ばしますので、同じ針葉樹《しんようじゅ》でも、赤松は違《ちが》った性質《せいしつ》を持っているのです。また、植林した松よりも、自然の種子から生えた松の方がよく育つといわれていることも、杉や桧《ひのき》と性質《せいしつ》が異《こと》なります。植林をしないので、下草刈《か》りも必要ありません。さらに、赤松は生長するに従《したが》い、自然に下枝《えだ》を落しますので、杉や桧《ひのき》のように高い木に登って行う枝《えだ》打ちの手間がいりません。このように赤松は何も手をかけないでも大きく生長して、美しい森になります。従《したが》って、赤松の山林は、副業としての林業経営《けいえい》にうってつけです。その上、根が張《は》って防災《ぼうさい》の面からも優《すぐ》れているのです。

ノルウェーを旅するとバスや電車の窓《まど》から見える森は赤松が多かったと聞いたことがあります。大きい松の森と低い松の森と伐採《ばっさい》したばかりの土地の区画がパッチワークのように広がっていて、計画的に林業が営《いとな》まれているそうなのです。さらに、ノルウェーの森には松茸《まったけ》がたくさん生えると聞いて、純二は行ってみたくなっていました。

松茸《まつたけ》はやせた土質《どしつ》の赤松林にしか生えないといわれていまして、純二の家の近くの山は古くから松茸《まつたけ》の産地として知られていました。松茸《まつたけ》の菌糸《きんし》が土の中に広がる条件として、赤松の根から出ている何かの成分が必須《ひっす》といわれています。この関係はいわゆる共生です。ほとんどの食用キノコが栽培《さいばい》に成功している中で、松茸《まつたけ》がまだ人工栽培《さいばい》を成功していないのは、赤松と松茸《まつたけ》の共生関係が解《かい》明《めい》されていないためです。赤松が生えている山も、木を切ってしまうと、松茸《まつたけ》は全く生えなくなります。それから、30年くらいの年月が経過《けいか》して、自然に生えた赤松が大きくなってくると、また松《まつ》茸《たけ》が生え始めるのです。

純二が山から採《と》って帰った松茸《まつたけ》を新聞紙の上に広げるのを見て、母は、

「昔は手に持てなくて、背中《せ》に背《せ》負って山から帰ったものだ」

といつも自慢していました。それを聞いていたおばあさんは、

「私《わたし》が嫁《よめ》に来た頃《ころ》はね、山に松茸《まつたけ》の番小屋があって、見張《みは》っていたものだ。うちの山は、特別よく生えたから、松茸泥棒《まつたけどろぼう》に狙《ねら》われるからね」

と楽しそうに思い出話をしました。

「泥棒《どろぼう》を見つけたらどうするのよ？」

と純二が尋《たず》ねますと、

「こらー！と言えばびっくりして、飛んで逃《に》げたよ」

と笑って応《こた》えました。

「番小屋の中で、火鉢《ひばち》の火でお湯を沸《わ》かしたりしてね。煙《けむり》を出していると、誰《だれ》も寄《よ》ってこないのだよ。お茶を飲んでいると、家から弁当の握《にぎ》り飯が届《とど》いたのだよ」

といつも同じ昔話をしていたのでした。

屋根のフクロウ

春になって桜《さくら》が咲き始めた頃《ころ》です。1羽のフクロウが屋根の棟石《むないし》のてっぺんに現《あらわ》れたのです。あのケガをしていたフクロウに違《ちが》いありません。世話をしたのはクチバシの根元の部分がまだ少し黄色の子どものフクロウでしたが、見下ろしているフクロウは立派な格好《かっこう》をしています。フクロウは夜行性といわれていますが、昼に現《あらわ》れたのです。試《ため》しにと思って、カエルを捕《つか》まえてきて庭の真ん中に置いておきました。フクロウは屋根の上からしばらく動くカエルを見ていました。突然《とつぜん》に屋根から〝バタバタ〟と羽音をさせて下りてきて、足の爪《つめ》でカエルをつかんで、サーッと屋根に持って上がったのです。それから周りを見回しておもむろにカエルを突《つ》っ突《つ》いて食べ始めました。

フクロウは暗いところでもよく見えるように、目の瞳孔《どうこう》が大きく開いていて、わずかの光でも物を見ることができるのです。反対に、昼間の明るい時間帯は明るすぎて、物を識別《しきべつ》することができないので、他の鳥たちに虐《いじ》められると聞いていました。ところが、このフクロウは昼頃《ひるごろ》になると毎日やって来て、屋根の一番高い棟石《むないし》に止まっていたのです。この地方の家の屋根は棟《むね》に石が乗せてありました。石は特産の来待石《きまちいし》と決まっていました。来待石《きまちいし》は砂岩《さがん》で、天然の石としては加工がし

やすい特徴《とくちょう》があります。石ですので1辺20センチメートルで長さ60センチメートルくらいの角柱だとかなりの重量があり、しっかりと熨斗瓦《のしがわら》を押《お》さえて、暴風《ぼうふう》でも棟《むね》が飛ばされないのです。苔《こけ》むした古い棟石《むないし》はフクロウが止まるのにちょうど良かったのです。

純二の家は母屋の他に、長屋と呼《よ》ばれる別棟《べつむね》があります。長屋は2階建てなので屋根の棟《むね》は10メートルくらいの高さがあります。棟石《むないし》の上にいれば、猫《ねこ》などの動物に襲《おそ》われることはまずありません。また、純二の家は人の出入りが多かったので、カラスやトンビは近づきませんでした。それ以来、天気のいい日には、ほとんど毎日のようにフクロウがやって来て、庭に出て見上げると屋根の上に止まっていたのです。カエルや小魚や鶏肉《とりにく》などを皿に載《の》せて庭に置くと、少しの間見ていておもむろに下りてきてつかんで飛び上がるのでした。食事が済《す》むと、屋根の上でしばらくじっとしていますが、また山の方に飛んでいくのでした。

殺虫剤《さっちゅうざい》の空中散布《さんぷ》とフクロウ

山では松くい虫の被害《ひがい》がひどくなってきました。マツノザイセンチュウが松の幹《みき》の中で増殖《ぞうしょく》して養分を取ってしまうので松枯《まつか》れが起こるのです。松くい虫で枯《か》れた松は、樹液《じゅえき》が無くなり、材に黒い模様《もよう》が入ってしまいます。材の粘《ねば》りもなくなるので、建築《けんちく》用材には使えません。殺虫剤《さっちゅうざい》を散布《さんぷ》しても、樹木《じゅもく》の中にいる虫には効果《こうか》はありません。樹木《じゅもく》の中に殺虫剤《さっちゅうざい》は入らないのです。庭木の松ならば殺虫剤《さっちゅうざい》を樹幹《じゅかん》注入することで効果《こうか》が見られます。しかし、広い森の木々に全部樹幹《じゅかん》注入することは、経費《けいひ》の面で無理があります。また、樹幹《じゅかん》注入すると幹《みき》に傷《きず》をつけることになるので、建築《けんちく》用材としては価値が損《そこ》なわれるのです。そこで、マツノザイセンチュウを媒介《ばいかい》するマツノマダラカミキリを殺虫剤《さっちゅうざい》で駆除《くじょ》して広がるのを防止《ぼうし》します。そのために、ヘリコプターによる薬剤散布《やくざいさんぷ》が始まりました。山陰《さんいん》両県では、空中散布《さんぷ》が5月と6月に1回ずつ、数年間続けられました。島根県はカーバメート系《けい》の殺虫剤《さっちゅうざい》を使いました。一方、鳥取県は有機リン系《けい》の殺虫剤《さっちゅうざい》が使われました。カーバメート系《けい》農薬も有機リン系《けい》農薬も人家に近いところでは、健康被害《ひがい》の恐《おそ》れがあって使えません。さらに、風に乗って薬剤《やくざい》が広がると、離《はな》れたところまで農薬が飛んでいく恐《おそ》れがあります。そこで、飛ばされにくい大きい粒子の液粒で散布《さんぷ》されました。空中散布《さんぷ》が適切《てきせつ》に行われていることを検証《けんしょう》するために、白画用紙が使われました。薬剤《やくざい》が当たると白画用紙の上に薬剤《やくざい》が残るのです。純二はB4版《ばん》の白画用紙を山の周りに配って置いて、終了後に回収《かいしゅう》する調査《ちょうさ》に毎回参加していました。野原に置いた画用紙が風で飛ばされないような無風の早朝でないと空中散布《さんぷ》は実施《じっし》されません。風で薬《やく》剤《ざい》が遠くに飛んでいくと被害《ひがい》が出る恐《おそ》れがあるからです。

家族のようになっていたフクロウでしたが、3年余《あま》りの後、なぜかやって来なくなりました。

「きっと、いい相手が見つかって家族ができたのに違《ちが》いないよ」

とおばあさんが言うと、

「そうだね。でも長いこと来てくれていたね」

と純二が応《こた》えました。

「フクロウの一家は、家の近くの山にいてくれればいいけどね。ヘリコプターからの農薬の霧《きり》を浴びたらひとたまりもないよ」

　と純二は心配でした。

「ヘリコプターが飛ぶときは凄《すご》い音がするから、きっとフクロウは遠くに飛んで逃《に》げているわよ」

　と妻《つま》の早苗さんが言いました。

「きっとそうだね」

　と純二は思うことにしました。

　純二は秋になると変わらず山に通っていました。採《と》れる松茸《まつたけ》の量は次第に少なくなってきているのに、山に行くのが習慣《しゅうかん》になっているようでした。山の中で、「ホッホー、ホッホー」というフクロウの低い鳴き声がすると、立ち止まってあたりの木々をグルッと見回しました。しかし、フクロウの姿《すがた》は見えませんでした。そしてまた、「ホッホー、ホッホー」と鳴くのを聞きながら、大きな目を開けて、きょとんと見つめているフクロウを思い出したのでした。

雑種犬マル

迷い犬

健太朗が新しい鉄骨造《てっこつづく》りの住宅《じゅうたく》に家族全員で引《ひ》っ越《こ》してきて間もない夏の日の朝のことでした。まだ周りの環境《かんきょう》に慣《な》れていない頃《ころ》です。

「勝手口に子犬がいるわ」

と妻《つま》の若菜が驚《おどろ》いた声を上げました。

「犬がどうしたって？」

と健太朗が裏《うら》に回ってみると、やせて汚れた子犬が、息も絶《た》え絶《だ》えに伏《ふ》せていたのです。

「おなかがすいたよう」

と訴《うった》えているような表情《ひょうじょう》で見上げています。

「もう立ち上がれませんよう」

と足を伸《の》ばしたままです。その格好《かっこう》を見て、若菜はあわててごはんと弁当《べんとう》のおかずに作っていたステーキを差し出すと、子犬はむさぼるように食べました。

「お水もいるわよね」

水もペチャペチャと飲みました。

「どこから来たのかしら。迷子《まいご》かもしれないわね」

「元気になったら出て行くんじゃないかな。僕は仕事に行くよ」

「ええ、行ってらっしゃい」

朝の慌《あわ》ただしい時間の出来事でした。

大きさから、今年生まれた子犬のようです。たくさん食べて、少し元気が出てきて立ち上がりました。若菜も健太朗も家族は皆《みんな》、この子犬はまたどこかへ行ってくれると思っていたのです。ところがそれは甘《あま》い考えでした。子犬はそれ以来、若菜が出入りする勝手口に住み着いてしまったのです。

「仕方ないわね」

と、1日に1回ご飯の残り物を分けておいてあげていました。買い物に出掛《でか》けるときも、敷地《しきち》の端《はし》まではついて来ます。そこで座《すわ》って見送るのです。

「私《わたし》は留守番《るすばん》をしています。行ってらっしゃいませ」

と言っているように見つめて、それ以上はついては来ません。

首輪

時々、サーッと走っていなくなることがありました。

「何をしているのかな？　どこに行くのかね。不思議だね」

と若菜と話し合っていました。初めて勝手口に現《あらわ》れてから何日もいるのに、糞《ふん》がありません。オシッコもしたこともありません。それで、気がつきました。用を足したいときに走って出ていって、どこかで用便をしたら直ぐに帰ってきてそ知らぬ様子でいたのです。リードでつないでいないのに、朝から晩《ばん》までずっと勝手口のそばにいるのです。家族が出掛《でか》けるときも、見送ります。しかし、決してついては来ません。

「わたしは、ここの家の子ですよ」

と言っているようです。

「どこかで、うんちをしているに違《ちが》いないよ。ご近所に迷惑《めいわく》をかけているに違《ちが》いない。仕方がないから、つないであげよう」

と健太朗は、首輪とリードを買ってきました。首輪をつけるのを嫌《いや》がるかと思いました。ところが、首輪を見ると直ぐに何であるか分かって、喜《よろこ》んでやって来たのです。

「早くつけて下さい」

と言っているように首を出しました。首輪をつけると、何ととても嬉《うれ》しそうにはしゃいでいたのです。産まれてから一緒《いっしょ》にいたお母さん犬は、首輪をしていたに違《ちが》いありません。

「ワー嬉《うれ》しい、やっとここの家においてもらえることになった」

と言っているようです。犬の表情《ひょうじょう》は少ないのですが、この子犬はかすかにほほえむのが分かるのです。少し口角を上げて、やさしい目で見つめます。

家で飼《か》うことにしたので、子犬に名前をつけることになりました。

「名前はマルがいい」

と若菜が提案《ていあん》しました。皆《みんな》が賛成《さんせい》して、名前はマルに決まりました。この頃《ころ》はまだ犬は外で飼《か》うことが普通《ふつう》な時代でした。次の日曜日には、ホームセンターから犬小屋のセットを買ってきて組み立てました。底に砂《すな》をたくさん入れるようになっていて、重たくて簡単《かんたん》にひっくり返らないようにできています。自転車を置くために作った雨除《あまよ》けのあるところで、物置の横に犬小屋を置くことになりました。

犬小屋の斜《なな》め上に電力のメーターがありました。メーターの検針員《けんしんいん》が毎月回ってきていましたので、マルは初めて出会った検針員《けんしんいん》に、

「ウ、ウー」

と低いうなり声を上げました。若菜が、気がついて出ていって、

「大丈夫《だいじょうぶ》です。どうぞ」

とマルのリードを持ちました。それから何と、マルは次の月には検針員《けんしんいん》を覚えていたのです。

「犬に、尻尾《しっぽ》を振《ふ》って歓迎《かんげい》されたのは初めてです」

とメーターの検針員《けんしんいん》は、ニコニコと挨拶《あいさつ》して帰りました。マルは決して、人に吠《ほ》えたりしません。来る人を良く覚えていて番犬の役目を果たしていたのです。

動物病院

考えたこともなかったのに、突然《とつぜん》犬を飼《か》うことになりました。健太朗が、

「犬を飼《か》うには登録《とうろく》して、狂犬病予防接種《きょうけんびょうよぼうせっしゅ》を受けないといけないよ」

と言うと、若菜が、

「動物病院に相談したらね、予防接種《よぼうせっしゅ》を受けに行けば、登録《とうろく》も一緒《いっしょ》にしてくれるという説明だったわよ」

そこで次の土曜日に、狂犬病《きょうけんびょう》の予防接種《よぼうせっしゅ》を受けに動物病院にマルを車に乗せて出掛《でか》けました。駐車場《ちゅうしゃじょう》に着いて降《お》りたとき、マルは何を察したか落ち着きません。リードを引《ひ》っ張《ぱ》って、動物病院から離《はな》れようとします。

「周りを散歩《さんぽ》してきたら。その間に受付をしておきますから」

「そうするよ。オシッコをさせておくから」

と応《こた》えて健太朗は駐車場《ちゅうしゃじょう》から外に出ると、マルは直ぐにオシッコをして、糞《ふん》までして少し落ち着きました。糞《ふん》を片付けてから動物病院に戻《もど》って玄関《げんかん》に立つと、自動ドアが開いてマルと中に入りました。待合室には先客が2匹《ひき》いました。シュナウザーを連れた中年の女性と、ダックスフントを連れた若い女性の目はマルに集中しました。注目されていることが分かるのか、マルは床《ゆか》をカリカリ搔《か》いて落ち着きません。

「大丈夫《だいじょうぶ》、大丈夫《だいじょうぶ》」

としきりに若菜がなだめています。

白に近い薄《うす》いベージュ色のマルは、顔の毛が長い特徴《とくちょう》があります。毛並みはいいし、足が長いので、スマートに見えます。雑種《ざっしゅ》にしてはかわいい犬です。獣医《じゅうい》さんがカルテを見ながら、

「名前はマルですか。生後3か月くらいですかね。マルはたくさんの血が混ざっていますね。テリ

アは分かりますが、あと5種くらいは混ざっていますよ」

と教えてくれました。そこで、若菜はマルが我が家に来た経緯《けいい》を説明しました。獣医《じゅうい》さんは驚《おどろ》いた様子で、

「そうでしたか。かわいがってあげて下さい」

と笑って言いました。若菜がしっかりと抱《だ》きかかえて、診察台《しんさつだい》に乗せて予防接種《よぼうせっしゅ》の注射《ちゅうしゃ》をしてもらいました。フィラリアの検査《けんさ》は陰性《いんせい》でしたので、フィラリアの予防薬《よぼうやく》を処方《しょほう》してもらって動物病院を後にしました。それ以来、毎年この動物病院にお世話になりました。

散歩《さんぽ》

朝晩《ばん》2回の散歩《さんぽ》は、健太朗の役目です。

「散歩《さんぽ》に行ってきます」

と若菜に声をかけて出掛《でか》けます。その声が聞こえているのか、マルは犬小屋の前に立って待っています。リードをつなぐと
「早く、早く」

と引《ひ》っ張《ぱ》って庭を出ます。ゆっくりと散歩《さんぽ》を楽しみたいのですが、引《ひ》っ張《ぱ》るのでいつも急ぎ足です。散歩《さんぽ》のしつけを教えようとしましたが、そのときだけは分かっているようで、健太朗の横をリードを緩《ゆる》めて歩いています。ところが道路の脇《わき》に気になる臭《にお》いがあるのか、直ぐに忘《わす》れて、

「これは誰《だれ》のオシッコだ」

と引《ひ》っ張《ぱ》って臭《にお》いを嗅《か》ぎに小走りになるのです。十分時間をかけて臭《にお》いをかいでから、その場に少しオシッコをかけて散歩《さんぽ》に戻《もど》ります。

散歩《さんぽ》の途中《とちゅう》で、何かの拍子《ひょうし》にリードが外れたことがありました。マルは歩道から飛び出して、4車線の道路を縦横無尽《じゅうおうむじん》に走り回りました。

車の間をすり抜《ぬ》けて、急ブレーキをかける車もありました。健太朗はもう驚《おどろ》いて、

「マル！　マル！」

と、はた目もはばからず大声で叫《さけ》ぶばかりです。

「車にひかれたらどうしよう。車が事故《じこ》を起こしたらどうしよう」

と考えると、生きた心地がしません。マルは、時々止まって健太朗を見て、また走り始めます。決して遠くへ行く様子はありません。

「見てて下さい。僕《ぼく》はこんなに上手に走れるんです」

と言っているようです。

「こっちを見ているなら、ちょっと隠《かく》れてみよう」

と路地に入ってみました。すると、マルが健太朗の姿《すがた》を探《さが》しに、勢《いきお》い良く走ってきました。健太朗の顔を見ると、また道路に走り出したのです。

「これは、どうしようもない」

と健太朗は、家に帰ることにしました。振《ふ》り返らないようにして家に向かって歩きました。そっ

と振《ふ》り返ると、10メートルくらい後ろをついて来ていました。家に帰って、犬小屋のそばに行くと、

「ああ、今日はいっぱい走って楽しかった」

と言っているようでした。

序列《じょれつ》

最初にエサを貰《もら》った恩義《おんぎ》か、マルは若菜に特別懐《なつ》いていました。懐《なつ》いているというより、若菜をご主人様と思っているようです。若菜がスーパーに買い物に行くとき、ちょうど健太朗とマルが散《さん》歩《ぽ》に出掛《でか》けるところでした。若菜と健太朗に挟《はさ》まれて並《なら》んで歩きますと、マルは若菜を見上げて健太朗を見上げてとてもうれしそうな表情《ひょうじょう》をしています。

「わーい。わーい、今日は皆《みんな》でお出かけだ」

と言いながらスキップをしているように軽く飛ぶように歩くのです。健太朗もつられて何か足取りが軽くなるのを覚えました。そして、スーパーの入口に来ますと、若菜と一緒《いっしょ》にいたいし、散《さん》歩《ぽ》にも行きたいし、

「えー。どうしよう。どうしよう」

と迷《まよ》うのでした。

マルのシャンプーは若菜の仕事です。他の人では触《さわ》らせてもらえません。暑い時期は庭で、寒くなると風呂場《ふろば》です。洗剤《せんざい》をつけて洗《あら》って、お湯で濯《ゆす》いでからタオルでしっかり水気を取ります。拭《ふ》

く前に身体をブルブルと振《ふる》わせて、犬独特《どくとく》の仕草《しぐさ》をすることがあります。そうすると若菜は水を被《かぶ》ってびしょ濡《ぬ》れになりますので、シャンプーをするときは古いレインコートを着ていました。

雨が降《ふ》っても、吹雪《ふぶき》の日も、マルとの散歩《さんぽ》は欠かしたことがありません。他の犬は、雨除《あまよ》けの合羽《かっぱ》や、温かそうなウェアを着ています。若菜はかわいいウェアを買ってきました。親戚《しんせき》から上等のコートも譲《ゆず》ってもらいました。しかし、何度着させようとしても、頑《がん》として拒否《きょひ》していました。

「犬は洋服や合羽《かっぱ》は着ませんよ」

と言っているようです。

マルは雪が大好きでした。冷たくないのか、嬉《うれ》しそうに雪の中を走ります。時々、口を開けて降《ふ》ってくる雪を食べたりしています。雪が積もった日の散歩《さんぽ》では、足跡《あしあと》のない新雪のところを選んで、真っ白な雪に足跡《あしあと》をつけて、嬉《うれ》しくて跳《と》ぶように歩くのです。

「犬の足は冷たくないのかしら?」

「調べてみたら、犬の足は寒さには大丈夫《だいじょうぶ》のようにできているらしい」

「犬ソリを引いて雪原を走る樺太犬《カラフトけん》だっているものね」

「マルは北国の犬の遺伝子《いでんし》が入っているかもしれない」

夜は犬小屋には厚《あつ》い毛布を敷《し》いてあげると喜《よろこ》んで丸くなっています。しかし、朝になると必ず毛布を犬小屋から外へ引《ひ》っ張《ぱ》り出しています。

「1晩《ばん》使ったら、干しておくのかね」

「出すだけで、小屋の中には入れないのよ。いつも私《わたし》に毛布を敷《し》かせるわよ」

「若菜に世話をしてもらいたくて、毛布を引《ひ》っ張《ぱ》り出しているのかもしれないよ」

これはよく分からないマルの習慣《しゅうかん》の一つでした。

ドライブ

マルはドライブが大好きです。

「ドライブ」

と聞いただけで、飛んで跳《は》ねています。待ちきれずに引《ひ》っ張《ぱ》って、車のドアを開けると飛び乗ってきます。座《すわ》るのは前の座席《ざせき》と決めています。後部座席《こうぶざせき》に乗せても、座席《ざせき》の間を通って前に移動《いどう》してしまうのです。車が動き出すと、座席《ざせき》に座《すわ》って外の景色を見回しています。少し窓《まど》を開けておきますと、

「もっと窓《まど》を開けてよ」

という仕草《しぐさ》をするので、三分の一ほど開けると顔を出して風を受けて気持ちよさそうにしています。高速道路に乗ると、座席《ざせき》に座《すわ》って正面を真っ直ぐ見て、行きかう車を眺《なが》めています。車のスピードがぐんぐん上がると背筋《せすじ》を伸《の》ばして気持ち良さそうです。スピード狂《きょう》かもしれません。

ところが、高速道路を下りて山道に差しかかり右に左にカーブが続きますと、気分が悪くなるのか、フロアに降りて丸くなっているのです。そういう時は、早めに停車《ていしゃ》して休憩《きゅうけい》します。車が停《と》まると直ぐに座席《ざせき》に上って座《すわ》ってあたりを見回すのです。車に乗ると興奮《こうふん》するのか、いつもよりよだ

れが多く出るようです。帰宅《きたく》してから、シートや窓枠《まどわく》やフロアにべっとり着いたよだれを拭《ふ》き取って掃除《そうじ》するのが大変でした。

花火と雷《かみなり》

マルは花火と雷《かみなり》が大嫌《きら》いでした。大きな音が怖《こわ》いようなのです。夏の花火大会の会場は家から1キロメートル以上離《はな》れています。それでも、大きな音が聞こえます。花火が始まるとマルは大騒《さわ》ぎです。

「怖《こわ》いよう。家に入れて下さいよう」

と言っているようです。若菜が玄関《げんかん》に入れてやると、いつもは上がってこないのに、玄関《げんかん》の床《ゆか》に上がって若菜の足にしがみつきました。

「マル、大丈夫《だいじょうぶ》だから。音だけだから」

と説得《せっとく》して、少し落ち着くのでした。

雷《かみなり》の音も嫌《きら》いでした。夏になると夕方に雷《かみなり》がよく鳴ります。

「マルが、何か怯《おび》えて、小屋の中で震《ふる》えているわよ」

「何も聞こえないけど、山に黒い雲がかかっているから雷《かみなり》かな？」

人の耳には聞こえないような遠くの雷鳴《らいめい》を、マルには聞こえて怯《おび》えていることがよくありました。

マダニ

「マルの頭のてっぺんに何かついているわよ」

「何だろう？」

と言って健太朗もかがみこんで見ましたが、初めは何か分かりませんでした。

「取れないわよ。ゴミではないわ」

「それはダニに違《ちが》いない」

よく見ると血を吸《す》って南天の実ほどの大きさで、扁平《へんぺい》の丸型《まるがた》です。むしり取ろうとしても、なかなか取れません。思い切って力を入れて、引《ひ》っ張《ぱ》ったら、取れてきました。

もう血液《けつえき》は固《かた》まっていて、どす黒い赤色でした。

「この前、散歩《さんぽ》の途中《とちゅう》で、誰《だれ》もいなかったから、公園でリードを外して遊ばせてあげた。あそこに、マダニがいたかもしれないな。他には、心当たりがない」

「草むらに入るときは気をつけて下さいよ」

と言うのを聞きながら、健太朗は最近、重症熱性《ねっせい》血小板減少症候群《げんしょうしょうこうぐん》で友人が亡《な》くなったことを思い出していました。

「重症熱性《ねっせい》血小板減少症候群《げんしょうしょうこうぐん》のウイルスはマダニが媒介《ばいかい》する。まだ治療法《ちりょうほう》が見つからないし、致死《ちし》率《りつ》も高いので怖《こわ》い病気だよ。南方の感染症《かんせんしょう》で、昔はこのあたりにはなかった」

「マダニも怖《こわ》いですね。これも地球温暖化のためだわね」

「散歩《さんぽ》に行くときは、長ズボンと長袖《ながそで》シャツでないと危《あぶ》いね」

と健太朗は心配顔で言いました。

別れ

夏の暑い日、15歳《さい》になったマルは天寿《てんじゅ》を全うしました。我家《わがや》を選んだようにどこからか来てくれたこと、家族の一員として皆《みんな》に寄《よ》り添《そ》ってくれたこと、沢山《たくさん》のありがとうを言って見送りました。

マルが亡くなってからも健太朗は朝と夕方に散歩《さんぽ》を続けていました。しかし、毎日マルと歩いた道は通りません。その道は住宅地《じゅうたくち》の路地や自動車が入れないサイクリングロードなので安全なのですが、なぜか辛《つら》くなってくるのです。その後、陶器製《とうきせい》の犬の等身大《とうしんだい》の置物が売られているのに気がつきました。色々な犬の種類の置物がある中で、マルにそっくりな容姿《ようし》の置物を見つけたのです。家にやって来た頃《ころ》の姿《すがた》に似《に》たかわいい子犬の置物を早速買いました。その後、成犬になった姿《すがた》の置物も見つかったので、二つの犬の置物が玄関《げんかん》に置かれています。置物を見ると一緒《いっしょ》に過《す》ごしたたくさんの時間の思い出がよみがえるのです。

クサガメのガメラ

銭亀《ぜにがめ》

健太朗は休日には、家族と出掛《でか》けることにしています。ある休日のこと、雨模様《あめもよう》なので、デパートに買い物に行きました。買い物の後、何を買うあてもなくテナントショップを回っていました。その中のペットショップは子どもたちと見て歩くのに格好《かっこう》の場所で、熱帯魚、金魚など、多種類の水生動物を売っていました。ところ狭《せま》しと水槽《すいそう》が並《なら》んでいて、通路の床《ゆか》にも洗面器《せんめんき》が置かれていました。その中に小さな銭亀《ぜにがめ》が10匹余《ぴきあま》り動き回っていたのです。銭亀《ぜにがめ》1匹《ぴき》200円と手頃《てごろ》な値段《ねだん》が書かれていまして、子どもたちが、

「これかわいい、飼《か》ってみたい」

と口々に言いました。

「自分たちで、亀《かめ》の世話ができますか？　お世話ができるなら、買ってあげてもいいよ。ねー、母さん」

と健太朗が言いますと、妻《つま》の若菜は当惑《とうわく》したように、

「エーッ！　大丈夫《だいじょうぶ》？　亀《かめ》が飼《か》えるの？　どうやって飼《か》うか、知っているの？」

と言って、気持ち悪そうに、うごめく亀《かめ》を見ていました。

「この亀《かめ》の飼《か》い方を教えて下さい」

と店の経営《けいえい》者と思われる男性に尋《たず》ねました。

「亀《かめ》が小さいうちは、このエサを与えて下さい」

と言って〝乾燥《かんそう》糸ミミズ〟と書かれた紙箱を出してきました。

「大きくなったら、乾燥《かんそう》エビがいいですよ」

と言って、今度は円筒《えんとう》形のプラスチックの商品を出してきました。そこで、銭亀《ぜにがめ》2匹《ひき》とエサの乾《かん》燥《そう》ミミズと乾燥《かんそう》エビを買って帰りました。わいわい騒《さわ》ぎながら、水槽《すいそう》に少し水を入れて石を入れて上がれるようにセットしました。見ているだけでは物足りないので、水槽《すいそう》から出して手に乗せたり、スチロールのトレーの上で遊ばせたりしていました。

「亀《かめ》にはサルモネラ菌《きん》がついているから、よく手を洗《あら》ってよ！」

若菜が叫《さけ》んでいます。少し目を離《はな》すと、気がついたときには姿《すがた》が見えないこともよくありました。カーテンを上っていたり、整理棚《せいりだな》の後ろに潜《もぐ》っていたり、ベランダに出ていたり、どこにでも行ってしまいます。

「亀《かめ》が見えない。どこかへ行った！」

と、その度に大騒《さわ》ぎでした。しかし、子どもたちがカメを珍《めずら》しがったのは3日ほどでした。やっぱりと思いましたが、仕方がありません。1週間ほど経《た》った頃《ころ》、そのうちの1匹《ぴき》が、なぜかエサを食べなくなり死んでしまいました。ベランダの脇《わき》に穴《あな》を掘《ほ》って葬《ほうむ》りました。残った銭亀《ぜにがめ》を大事に育てようと相談して、名前をつけようということになりました。若菜が、

「ガメラがいいんじゃない？」

と提案《ていあん》しました。当時、怪獣映画《かいじゅうえいが》が次々とヒットを飛ばしていました。中でも怪獣《かいじゅう》ガメラは子どもたちを助けてくれる、頼《たの》もしい怪獣《かいじゅう》でしたので、皆《みんな》が賛成《さんせい》して決まりました。

クサガメ

ガメラの甲羅《こうら》が少しずつ大きくなり、顔の横から首への黄色い模様《もよう》がはっきり見えてきました。また、ガメラは独特《どくとく》の臭気《しゅうき》を放ってきました。

「ガメラを動物図鑑《ずかん》で調べてみよう」

長男の紘一が言いました。

「それはいい考えだ。子どもの図鑑《ずかん》に出ているかな？」

「あった。この首の模様《もよう》はクサガメだ」

図鑑《ずかん》で調べて初めて、銭亀《ぜにがめ》といって売られているのはクサガメであることが分かりました。

「クサガメだから、臭《くさ》いんだ」

クサガメは臭気分泌腺《しゅうきぶんぴつせん》を持っているのです。飼《か》ってみてクサガメの名前の由来は、臭《くさ》い亀《かめ》だと分かりました。

「子どもの頃《ころ》、夏休みに川で遊んでいてイシガメを捕《つか》まえたことがあってね。飼《か》おうと思って連れて帰ったのだよ」

健太朗はてっきり銭亀《ぜにがめ》はイシガメの子どもと思い込《こ》んでいたのです。

「へー、それでどうしたの？」

「以前、金魚を飼《か》っていた水槽《すいそう》に川石や水草を置いて、イシガメを入れてあげてね。ところが、何を持っていっても食べてくれなかったのだよ」

「困《こま》ったわね」

「そうしたら、イシガメは家で飼《か》うのは難《むずか》しいから放してきなさいと言われて、仕方なく川に帰すことにしたのだよ」

「それは残念だったでしょうね」

「川に行く前に、大きなスイカを切ってもらって、皆《みんな》でおやつに食べてね。そのスイカの食べ残りがあったので、イシガメの口元に持っていったら、凄《すご》く喜《よろこ》んで赤いスイカに頭を突《つ》っ込《こ》んでむさぼっていたのだよ」

「ガメラもスイカを食べるかもしれないわね」

「ところが、スイカの美味しいところを切っていったのにガメラは鼻を近づけてみたものの、横を向いてスイカはいらないっていうんだ」

クサガメは動物性のエサが好きです。夕食のおかずのイカやマグロのさしみを取った端《はし》の部分をあげると、喜《よろこ》んで食べました。牛肉も好きです。ところが、クサガメの飼《か》い方を調べてみると、「市販のカメのエサ以外はあげないで下さい。お腹《なか》を壊《こわ》しやすい」と書かれています。ガメラは水《すい》槽《そう》で大便も小便もしますので、お腹《なか》を壊《こわ》したかどうか分かりません。乾燥《かんそう》エビだけでは栄養が偏《かたよ》る恐《おそ》れがありますので、量販店《りょうはんてん》で売られていた〝カメのエサ〟（粒状乾燥《りゅうじょうかんそう》エサ）を試《ため》したところ、よく食べてくれました。そこで、以降《いこう》は〝カメのエサ〟だけをあげることにしました。

「クサガメとイシガメは一見似ているのに、性質《せいしつ》は全く違《ちが》うわね」

「イシガメは臭《くさ》くなかったよ。クサガメとイシガメは分類《ぶんるい》では同じイシガメ科なので、交雑種《こうざっしゅ》が増加していることが問題になっているらしいよ」

「ガメラは顔から首筋《くびすじ》の黄色い模様《もよう》の形から、クサガメだわ」

「飼《か》えなくなって、川に放したりする人がよくいるらしいし、交雑種《こうざっしゅ》ができないように放すのを禁《きん》止《し》しないといけないね」

と、子どもたちと話し合っていました。

ガメラ失踪《しっそう》

玄関《げんかん》のたたきを住処《すみか》に、低い水槽《すいそう》から出たり入ったりできるようにして飼育《しいく》することにしました。水槽《すいそう》の周りにはペット用の吸湿《きゅうしつ》シートを敷《し》いてあります。時間のあるときには、庭を散歩《さんぽ》させることにしていました。金属製《きんぞくせい》のドアを開けるとパッと明るくなるので、ガメラは喜《よろこ》んで外に出てきます。2段《だん》ある階段《かいだん》も、ゴロッと落ちて平気です。そのまま庭の草花の間を嬉《うれ》しそうにどんどん歩いていきます。太陽が出ていれば、日光浴もします。そのときに、

「電話ですよ」

と若菜の呼《よ》び声に、そのまま家に入って電話を取りました。

長い話をして、電話で頼《たの》まれたことを整理していて、

「そうだガメラが庭にいたんだ」

と思い出しました。庭に出てみると、ガメラが見当たりません。いつも好きなもみじの木の下にも、エキナセアの花のそばにもいません。

「母さん、ガメラがいない。一緒《いっしょ》に捜《さが》して」

と叫《さけ》びました。ガメラはのそのそしているようですが、早くも歩けるのです。30分以上も経《た》っています。

「大変だ。道路に出たら車にひかれてしまう」

急いで、生垣《いけがき》の外に出て捜《さが》しました。見当たりません。範囲《はんい》を広げて歩き回りましたがいませんでした。

「きっと、庭のどこかに隠《かく》れているに違《ちが》いないわよ」

「そうだといいんだけど」

「ガメラ！　ガメラ！」

と呼《よ》びましたが、どこからも出てくる気配がありません。10分以上も庭を隈《くま》なく捜《さが》しました。

「母さん、どこにもいないよ。とうとうガメラはどこかへ行ってしまったかも」

不安な気持ちが大きくなって、胸がどきどきしてきました。

「甲羅《こうら》に穴《あな》をあけて、ひもでつないでおけばいいのに」

「もう一度外を回って見てくるよ」

家の周りから、道路を少し遠くまで見て回りました。しかし、やはり、どこにもガメラの姿《すがた》は見当たりませんでした。家に帰ってお茶を1杯飲んでから、それでもと庭に出ました。

「ガメラ！　ご飯にしようか。ガメラ！　ご飯だよ」

と叫《さけ》んだとき、庭の隅《すみ》のヒイラギモクセイの生垣《いけがき》の下の落葉が少し動いたような気配がしました。

ひょっとしてと思って落葉をかき分けますと、下の方からガメラがのっそりと出てきたのです。

「ガメラが出てきた。さっきあそこも見たのに分からなかった」

「深いところに潜《もぐ》っていたのね。見つかって良かった」

ガメラの身体を水道水で洗《あら》って、水槽《すいそう》に戻《もど》しました。粒状《りゅうじょう》のエサをあげると、喜《よろこ》んで食べていました。

庭のガメラ

「ガメラが臭《くさ》くて困《こま》ります。何とかして下さい！」

若菜が叫《さけ》びました。大きくなるに従《したが》って臭気《しゅうき》も強くなって、家の中での飼育《しいく》には向かなくなったのです。

「分かりました。庭に棲《す》める場所を作ります」

「以前、ハリネズミを飼《か》っていたピンクの飼育《しいく》ケースがあるわよ」

「それはいい考えだ。あれを使わせてもらおう」

そこで、プラスチックの小動物用の飼育《しいく》ケースをヒイラギモクセイの生垣《いけがき》の陰《かげ》に設置《せっち》しました。その中に水槽《すいそう》を置いて、レンガを2枚敷《し》いて日光浴の場所をこしらえました。初めて家の外で過ごすことになったガメラは、水槽《すいそう》からゆっくりと出たり、また入ったりして居心地《いごこち》を確かめているようです。

家の外に出したので、子どもたちはガメラと遊ばなくなりました。ガメラと遊ぶのも世話をするのも、もっぱら健太朗の役割になりました。

「これで臭《におい》の心配はないね」

「ガメラも庭の方が気持ち良さそうだわよ」

「人と遊ぶのに慣《な》れているから、声が聞こえないと寂《さび》しいらしい。飼育《しいく》ケースのそばに行くと寄《よ》ってきて、水から出てくるよ」

時間があるときには飼育《しいく》ケースから庭に出してやると、嬉《うれ》しそうに歩き回っています。

「ガメラ！」

と呼《よ》びますと、声を憶《おぼ》えていて向きを変えて、のそのそとやって来ます。そして、靴《くつ》を突《つ》っ突《つ》いているかと思うと、靴《くつ》に上ってきて、

「遊ぼうよ」あるいは、「お腹《なか》がへったよ」

と言っているように、首を振《ふ》っています。首の振《ふ》り方は、会津土産《あいづみやげ》の赤べこ人形のようです。頭を撫《な》でてあげると、じっと静かにしています。カメは触《さわ》られると危険《きけん》を感じて、反射《はんしゃ》的に首を引っ込《こ》める性質《せいしつ》があります。ガメラは健太朗を親と思っているようで、安心しているのです。ガメラの甲羅《こうら》が10円玉の大きさくらいのときから飼《か》っているわけで、手乗り文鳥で見られるような「刷り込《こ》み現象《げんしょう》」がクサガメにも見られたのです。妻《つま》の若菜や子どもたちにも懐《なつ》いていますが、頭を撫《な》でたりはできません。ガメラは視力《しりょく》が弱く、遠くはよく見えないようです。その反面、耳はよく聞こえて人の声を聴《き》き分けているのです。足音で誰《だれ》が歩いているか分かるようなので、健太朗が歩いてい

ると水槽《すいそう》の中で、〝バシャ、バシャ〟と音を立てて騒《さわ》ぎます。

ナメクジ侵入《しんにゅう》

ガメラは水に浮いているエサしか食べません。遊び場にエサを置いてみましたが、1日経《た》っても2日経《た》っても食べてくれません。エサの粒《つぶ》を口元に持っていくと、口を開けて食べてくれます。従《したが》って、水と一緒《いっしょ》に飲み込《こ》むことしかできないわけではなさそうなのです。健太朗が根負けして、水槽《すいそう》にエサをまきますと食べてくれたのです。小さいときからの習慣《しゅうかん》と思われますので、水の外でエサを食べさせる癖《くせ》をつけておけば良かったのです。また、大便と小便の排泄《はいせつ》は水槽《すいそう》の中でしますので、直ぐに水が汚《よご》れます。クサガメ独特《どくとく》の臭気《しゅうき》がしますので、気温が高くなると1日に1回は水を換《か》えないといけません。

庭の飼育《しいく》ケースにナメクジが入ってきたことがありました。ケースの蓋《ふた》を開けて割《わ》りばしでナメクジを摘《つま》み出そうとしたとき、ガメラもナメクジに気がつきました。あっと思った瞬間《しゅんかん》、ガメラがナメクジを食べてしまいました。健太朗が気がついたのはこのときだけですが、庭の草花や木の間にはナメクジがたくさんいます。ガメラは日常的にナメクジを食べているのかもしれません。

クサガメは雑食性で何でも食べるといわれています。ガメラは動物性のエサを好みます。健太朗の友人宅で、銭亀《ぜにがめ》が大きくなったので庭の金魚池に入れたら、金魚を全部食べられてしまったという話を聞いたことがあります。魚を襲《おそ》って食べたりしないイシガメと思って、間違《ちが》えてクサガメを金魚と一緒《いっしょ》にしてしまったのです。

冬眠《とうみん》

自然のクサガメは冬眠《とうみん》します。ところが水槽《すいそう》で飼《か》いますと、寒くなってもずっと動いています。その結果エネルギーを使い果たして春までに、死んでしまうのだそうです。従《したが》って、冬眠《とうみん》させないといけません。ガメラは夏の間はよくエサを食べます。それが、9月になると食べる量が減《へ》ってきて、

「春まで冬眠《とうみん》するんだから、しっかり食べて栄養を蓄《たくわ》えておかないとね」

「もうたくさん食べて、甲羅《こうら》の裏《うら》に十分栄養を蓄《たくわ》えましたよ」

「足りないといけないから、5粒《つぶ》あげますよ」

「いらないというのに、仕方がないね。1粒《つぶ》食べようか」

というような会話をしながら、10月には全く食べなくなります。糞《ふん》もしなくなりますので、水槽《すいそう》の水は何日経《た》っても濁《にご》りません。代謝《たいしゃ》も落としてきますので、クサガメ独特《どくとく》の臭気《しゅうき》を発散しなくなります。従《したが》って、家の中に入れても大丈夫《だいじょうぶ》で、家族は何もいいません。11月になると冬眠《とうみん》する寝床《ねどこ》の準備をしないといけません。毎年同じ川で、川砂をバケツにいっぱい取ってきて、ゴミや貝が含《ふく》まれていますので、丁寧《ていねい》に繰《く》り返し洗《あら》います。冬眠《とうみん》用のプラスチック製水槽《せいすいそう》には、底にキリで6か所穴《あな》があけてあり、砂《すな》を3分の2くらいまで入れますと、余分な水分は穴《あな》から染《し》み出ます。

「ガメラ、冬眠《とうみん》用の砂《すな》を取ってきたよ」

ガメラを水槽《すいそう》から出して砂《すな》の上に置きます。しかし、ガメラは、「まだ、遊びたいよ」

と言っているのでしょう、砂《すな》の上をゴソゴソと動いています。暗くなるように黒いシートをかけて玄関《げんかん》の静かなところに置きます。1日経《た》っても、じっとしていて、砂《すな》に潜《もぐ》りません。そこで、また水槽《すいそう》に戻《もど》してやると

「水の中がいいですよ」

と言っているように泳いでいます。水槽《すいそう》に2、3日おいてから再度、砂《すな》の上に置いて前と同じように暗くします。

「ガメラ、冬眠《とうみん》しないと死んじゃうよ」

と言うのですが、なかなか通じません。本格的な寒さがやって来る12月までに冬眠《とうみん》させないといけません。このような儀式《ぎしき》を何回か繰《く》り返すうちに、諦《あきら》めたのか、寒さがそうさせるのか、ガメラは砂《すな》に潜《もぐ》ってくれます。不思議なことに、ガメラが砂《すな》に潜《もぐ》った跡《あと》は、砂《すな》が平らになっているのです。どこに潜《もぐ》ったのか分からないように、砂《すな》の中で身体を揺《ゆ》すって、砂《すな》を平らにしているのでしょうか。夜中にしか砂《すな》に潜《もぐ》りませんので、見たことがありません。こっそり潜《もぐ》って分からないようにする習性を持っているのです。冬眠《とうみん》しているときに、敵《てき》に狙《ねら》われたらひとたまりもありませんので、体臭《たいしゅう》も消して、潜《もぐ》った跡《あと》も消しているのです。冬眠《とうみん》しているときは、静かな場所にそっと移しておきます。砂《すな》の上が乾《かわ》いたら霧吹《きりふ》きでしっかりと濡《ぬ》らします。

3月下旬になり、暖《あたた》かい日が続くようになる頃砂《ころすな》の動きを注意していますと、ゴソゴソと砂《すな》が動

いて、ガメラが顔を出します。

「ガメラ、今年もおはよう」

と挨拶《あいさつ》をしますと、ごそっとゆっくり出てきます。そこで、ガメラの砂《すな》を洗《あら》って水槽《すいそう》に入れると、潜《もぐ》って周りをしきりに確認《かくにん》して、また顔を出します。お腹《なか》が減《へ》っているはずなのに、エサはなかなか食べません。冬眠《とうみん》から起きてから10日くらいしてから、乾燥《かんそう》ミミズをあげますと、少し食べます。気温が20度を超《こ》える日がある4月の下旬になると、いつもの〝カメのエサ〟（乾燥粒状《かんそうりゅうじょう》）を食べるようになります。このようにガメラは1年のうち正味5か月しか食事をしません。その間にエネルギー物質を貯《た》めているのですから、不思議な生理をしているわけです。

ゆっくり

健太朗の趣味《しゅみ》はゴルフです。以前はテニスをよくしていましたが、走るのが辛《つら》くなってきたので、テニスはやめて運動はゴルフだけにしました。止まっているボールを打つのですから、テニスと比《くら》べてやさしいと思っていました。しかし、ゴルフは微妙《びみょう》なスイングの違《ちが》いで、ボールが飛んだりあまり飛ばなかったり曲がったりします。少しでも上手くなりたいので、毎日庭の芝生《しばふ》でゴルフクラブの素振《ぶ》りをしています。そういうときは、ガメラを庭で遊ばせます。

「ガメラは近くに寄《よ》ったらダメだよ。クラブに当たったら甲羅《こうら》が割《わ》れるよ」

と言ってクラブを振《ふ》っていると、ガメラは分かったのか近づいてきません。

「先週はスライスの曲がりが出て、コースの外に打ってしまった。なぜだろうかね」

と健太朗は独《ひと》り言を言っています。春の暖《あたた》かい日には動きが良くなったガメラが、首をゆっくり振《ふ》っています。それを見た健太朗は、

「何だって、ゆっくり振《ふ》れって」

そこでクラブのバックスウィングをゆっくり振《ふ》り上げるようにしてみました。そのとき、いい感《かん》触《しょく》が戻《もど》ってきたように感じました。次の月例コンペでは咋秋の感触《かんしょく》が戻《もど》ってきていいスコアが出たのです。その結果ハンディキャップを下げますとゴルフクラブから連絡《れんらく》が来ました。

「シングルプレーヤーまでもう一息だよ」

とガメラに話しかけながら、また庭で素振《ぶ》りの練習をしていました。

「あまりゴルフをし過《す》ぎると腰《こし》が痛《いた》くなって、以前のようにぎっくり腰《ごし》になって歩けなくなりますよ」

と言っているようにガメラが見つめています。

「分かっているよ。ほどほどに、ゆっくりとね」

と健太朗は自分に言い聞かせていました。

老ガメラ

飼育《しいく》ケースに敷《し》いているレンガには、隙間《すきま》があります。そのレンガの隙間《すきま》にガメラの爪《つめ》が挟《はさ》まっ

て、どうしても外れなくなりました。方向を換《か》えると抜《ぬ》けるのに、と健太朗が手を出すと、ガメラは力をいれて手を引っ込《こ》めました。

あっと思った瞬間《しゅんかん》、爪《つめ》が抜《ぬ》けてレンガに刺《さ》さったままでした。指から少し血が出て痛《いた》そうです。手当をしてあげようとしますが、手を甲羅《こうら》の中に引っ込《こ》めてしまうので何もできません。その年は、そのまま冬眠《とうみん》に入りました。春になって冬眠《とうみん》から覚《さ》めてゴソゴソと歩き始めたのを見ていて気がつきました。驚《おどろ》いたことに冬眠《とうみん》の間に新しい爪《つめ》が生えていました。鋭《するど》く尖《とが》った爪《つめ》が本来ですが、新しい爪《つめ》はよく見ると少し太く曲がった爪《つめ》で尖《とが》っていませんでした。

ガメラの甲羅《こうら》が亀甲模様《きっこうもよう》の筋《すじ》のところから、少し割《わ》れてはがれかけたこともありました。カビが原因《げんいん》で甲羅《こうら》によくある症状《しょうじょう》だそうです。調べてみると、うがい薬のヨード系消毒剤《けいしょうどくざい》で消毒《しょうどく》すると治ると書かれていました。そこで天気のいい日に、ヨード系消毒剤《けいしょうどくざい》の希釈液《きしゃくえき》を綿棒《めんぼう》で丹念《たんねん》に甲羅《こうら》に塗《ぬ》ってあげました。何日か後に、繰《く》り返してヨード系消毒剤《けいしょうどくざい》を塗《ぬ》ってやりましたところ、甲羅《こうら》のはがれが良くなってきて、目立たなくなってきました。

ガメラが健太朗のところに来てから30年をはるかに越《こ》えました。引っ越《こ》しも経験《けいけん》して一緒《いっしょ》に暮《く》らした長い年月の間に家族の一員のようになりました。健太朗が不注意から人に騙《だま》されて辛《つら》い思いをしたときには、毎日のように誰《だれ》にも言えない愚痴《ぐち》を聞いてもらいました。不眠症《ふみんしょう》に悩《なや》まされて、もう仕事を続けることはできないかもしれないという瀬戸際《せとぎわ》のときに、冬眠《とうみん》から覚《さ》めて命を吹き返したように元気になったガメラが、

「大丈夫《だいじょうぶ》、大丈夫《だいじょうぶ》、今が辛抱《しんぼう》のときだから」

と言っているように見つめていたのでした。

ガメラを買って下さいと言った子どもたちも成人し結婚《けっこん》して、家に住んでいるのは健太朗と若菜の2人だけになりました。休日に遊びに来た孫が、

「ガメラ、どこ?」

と声掛《か》けをしますと、庭の草花の中にいるガメラは首を長く伸《の》ばして、

「よう来なったな」

と言っているように見つめています。健太朗と若菜が一緒《いっしょ》に海外などへ出掛《でか》けるときは、近くに住んでいる娘《むすめ》のところに預《あず》けていました。そのときには孫がエサをあげたり、水を換《か》えたり、遊んでくれていたのでした。

ガメラは人の年齢《ねんれい》では100歳《さい》を越《こ》えているそうです。いつの頃《ころ》からか、首筋《くびすじ》の黄色い模様《もよう》も目立たなくなってきました。大きな甲羅《こうら》が重そうで、歩く速度もゆっくりになりました。水槽《すいそう》からレンガの甲羅《こうら》干しの場所へ上るのもおっくうになって、1日中、水の中にいる日もあります。水の中は浮力《ふりょく》が働くので動くのが楽なのです。カメは甲羅《こうら》干しが必要ですので、天気がいい日は水から上げて庭の芝生《しばふ》で日光浴をさせると、目を細めて気持ち良さそうにしています。甲羅《こうら》が乾《かわ》いてしばらくすると暑くなるので、花壇《かだん》の草葉の陰《かげ》に移動《いどう》するのでした。

おわりに

物心ついた頃《ころ》は、第二次世界大戦の終戦から間もない時期でした。アメリカ軍による占領下《せんりょうか》ですので、幹線《かんせん》道路では軍用車が多く、休日の街ではアメリカ軍の兵士をよく見かけました。当時の家の柱にかかっていた柱時計の文字盤《ばん》の下には、英語で小さく占領下《せんりょうか》日本製《せい》と書かれていました。戦後社会の混乱《こんらん》が続いていて、都会では毎日の食料も手に入りにくい状況《じょうきょう》でした。このような社会状況《じょうきょう》の中で、家庭の事情《じじょう》から都会（大阪府）と地方（島根県）を行ったり来たりして育ちました。

都会では食料不足でも、地方の農家では米も野菜も魚も不自由することはありませんでした。農家の生活の中で、黒毛和牛、ヤギ、ニワトリなどの家畜《かちく》とふれあってきました。黒毛和牛の大きくて何でも見通すようなまなざし、ヤギのやさしい目などが印象《いんしょう》的です。さらに、自然豊《ゆた》かな地方での暮《く》らしでは、野生動物と出会う機会が数多くありました。その経験《けいけん》もあって緑の山林やそこに棲《す》む野生動物に魅《ひ》かれるようになり、30歳《さい》で都会を離《はな》れて地方で生活することになりました。

近年、農業は機械化により大きく業態《ぎょうたい》を変えていきました。利便性《せい》の良いところでは都市化が進み、生き物との関わりが希薄《きはく》になってきました。他方の山間へき地では過疎《かそ》化により、手入れがされない農地や山林が広がっています。かつてのように家畜《かちく》を飼育《しいく》している家庭はほとんどなくなりました。森の植物種が変化する中で、そこに棲《す》む動物たちも大きな影響《えいきょう》を受けてきて、シカ、クマ、イノシシのように個体数《こ》が急増《きゅうぞう》したものもあり、人の生活圏《けん》に出没《しゅつぼつ》してくるようになりました。その結果、野生動物による人の被害《ひがい》と農林業の被害《ひがい》が増《ふ》えてきたのです。これらの変化は、これから一層《いっそう》進みそうです。

ワンヘルスという考え方が提唱《ていしょう》されています。「一つの世界一つの健康」とも表現《ひょうげん》されます。地球上の命ある生物はそれぞれお互《たが》いに影響《えいきょう》し合って命を維持《いじ》し、子孫に命をつないできました。人と動物の健康の両者が相まって、人を含《ふく》む地球上の生態系《せいたいけい》が保全《ほぜん》されるのです。人類がこれからも地球上で繁栄《はんえい》し続けるためには、生態系《せいたいけい》の保全《ほぜん》が必須《ひっす》なのです。「2030年までに持続可能《かのう》でより良い世界を目指す」という国際《こくさい》目標SDGsの中にも、「陸上生態系《せいたいけい》の保護《ほご》」と「生物多様性の損失《そんしつ》の阻止《そし》」が掲げられています。

今一度立ち止まって、宇宙船地球号の乗組員の1人として、何をなすべきか、自分に何ができるか、を考えるときが来たのです。

世界の大勢《たいせい》はSDGsの目標を達成するための日々の努力は続けていこうという考えで一致《いっち》しています。しかし、人類の生存《せいぞん》が懸念《けねん》されているのに、世界では戦火が絶《た》えません。そのために罪《つみ》もない多くの人々が亡《な》くなっています。一方、日本社会に目を向けてみると、日本は犯罪数《はんざいすう》が少なく世界の中では安全性《あんぜんせい》が高い社会と評価《ひょうか》されています。ところが、十数人から数十人の人の命を奪《うば》う凶悪《きょうあく》な事件《じけん》が繰《く》り返されています。いずれの事件《じけん》でも犯人《はんにん》とは直接《ちょくせつ》は関係のない多数の方々が巻《ま》き添《ぞ》えになって被害《ひがい》に遭《あ》われたのです。さらに、最近の特徴《とくちょう》として、若者《わかもの》が、

「誰《だれ》でも良かった。死刑《しけい》になりたかった」

と言って、他人を傷《きず》つける事件《じけん》が繰《く》り返されています。また、アメリカなど海外でも銃《じゅう》の乱射《らんしゃ》による殺傷事件《さっしょうじけん》が多発して、銃《じゅう》規制の議論がされています。今こそ、全ての国々で、全ての命を尊重《そんちょう》する行動を起こしてほしいものです。

これまでたくさんの家畜《かちく》や野生動物たちと出会ってきました。その他にペットとしていろいろな動物たちを飼育《しいく》してきました。鳴き声を出す動物もいれば、一切声を出さない動物もいます。動物の鳴き声はいくつかの種類があることは分かりますが、その意味はよく分からないことがほとんどです。動物の顔の表情《ひょうじょう》は変化がないか、有《あ》ってもわずかです。しかし、動物は身体全体で表現《ひょうげん》しているのです。飼《か》い主に喜《よろこ》んでもらえるように一生懸命《いっしょうけんめい》に動いているように思えることがしばしばあります。

多くの生き物たちと付き合ってきまして、その間にたくさんの感動を貰《もら》ってきました。動物たちとのふれあいが、どれだけ心を豊《ゆた》かにして、ゆとりを持って生活させてもらえたかはかり知れません。また折々に、どれだけ元気を貰《もら》ったことか、勇気づけられたことかと思い返されます。寄《よ》り添《そ》ってくれた生き物たちに、何かをお返ししたいと、この物語を書き始めました。読者によりよく理解《りかい》をしていただくために、生き物と出会った生活環境《かんきょう》や社会背景《はいけい》をできるだけ詳《くわ》しく書きました。

情報《じょうほう》機器が発達して活用が求められるようになりました。使いこなせば便利で効率《こうりつ》が高い反面、短期間に更新《こうしん》されていく機器とソフトウェアを使いこなすことができなくなると大変です。また、大きな経済《けいざい》変動により仕事や事業に失敗して困難《こんなん》な状況に遭遇《そうぐう》することもあります。さらにグローバル化した現代《げんだい》では対人関係が多様化するなど社会的環境《かんきょう》においてもストレスがいっぱいです。日本では自殺が10歳《さい》代から30歳《さい》代まで死因《しいん》の1位で、40歳《さい》代では2位です。現代《げんだい》のこのような社会状《じょう》況《きょう》から、困難《こんなん》に出会ってもしなやかに回復《かいふく》し乗り越《こ》える人間力であるレジリエンスを高めることが注目され、そのスキルに関心が集まっているのです。

　レジリエンスを構成《こうせい》する要素には、自己認識《じこにんしき》力、自己《じこ》管理力、成功体験、対話能力《のうりょく》、楽観性、柔《じゅう》軟《なん》性などが挙《あ》げられます。動物と付き合っていると、動物は勝手な要求をします。自分で対応《たいおう》のできることかどうかを考えさせられますし、自分が動物に何を求めているかも考えさせられ、自己《じこ》を客観的に見るようになるので自己認識能力《じこにんしきのうりょく》を高めることになります。また、動物が失敗をして大迷《めい》惑《わく》をかけられることもしばしばですが、動物を怒《おこ》っても解決《かいけつ》しません。対応《たいおう》の仕方を工夫する中で自己《じこ》管理能力《のうりょく》を高めることになります。また、動物とのふれあいの中で、動物が喜《よろこ》びそうなことをしてあげると、嬉《うれ》しい反応《はんのう》が返ってきます。ささやかでも上手くできたと思えることは成功体験となります。さらに、動物が主張していることを理解《りかい》してあげようと努力していると、どんな立場、文化を持つ人とでも、言葉が通じない外国人《がいこく》とでも交流することができるような対話能力《のうりょく》が高められるように思います。また、その動物の性質《せいしつ》をよく理解《りかい》して付き合えば何とかなるという楽観性を身につけられます。さらに、いくら大切にしていても動物とはいずれ悲しい別れが来ます。そのようなときに心を強くし、望まない状況《じょうきょう》にも対応《たいおう》できる柔軟性《じゅうなんせい》を身につけることになります。

　動物たちと上手に付き合っていくことは、このようにレジリエンスを構成《こうせい》するそれぞれの能力《のうりょく》を高めることになると考えられます。将来《しょうらい》を担《にな》う若い方々が、動物たちに興味《きょうみ》や関心をもって親しくふれあうことで、レジリエンスの能力を鍛《きた》えて健やかに成長してほしいと心から願います。

本の執筆にあたり、ずっと支援《しえん》してくれた妻《つま》裕子に感謝《かんしゃ》の気持ちを記します。また、制作過程《かてい》で幻冬舎メディアコンサルティングの編集部の皆《みな》さんにお世話になりました。

飯塚　舜介（めしつか　しゅんすけ）

1946年島根県安来市生。都立戸山高校卒、早大理工応化科卒、理博（東京大）、医博（鳥取大）。㈶相模中央化学研究所研究員、鳥取大医学部医療環境学講座担当准教授。米国フォックスチェイスがん研究所博士研究員、阪大たんぱく質研究所共同研究員、理化学研究所客員研究員、㈱エミネット顧問、㈱海産物のきむらや顧問。下田光造記念賞受賞。著書（一般向）：「よりみち世界の街ある記　自然と文化と街づくりと」。鳥取県米子市在住。

カラスと少年《しょうねん》

——愛《いと》しき11種《しゅ》の動物《どうぶつ》とのふれあい物語《ものがたり》——

2023年4月26日　第1刷発行

著　者　　飯塚舜介
発行人　　久保田貴幸

発行元　　株式会社 幻冬舎メディアコンサルティング
〒151-0051　東京都渋谷区千駄ヶ谷4-9-7
電話　03-5411-6440（編集）

発売元　　株式会社 幻冬舎
〒151-0051　東京都渋谷区千駄ヶ谷4-9-7
電話　03-5411-6222（営業）

印刷・製本　中央精版印刷株式会社
装　丁　　田口美希

検印廃止

Printed in Japan
ISBN 978-4-344-94411-4 C0093
幻冬舎メディアコンサルティングＨＰ
https://www.gentosha-mc.com/